最前線
東京湾臨海署安積班

今野 敏

ハルキ文庫

角川春樹事務所

目次

最前線

東京湾臨海署安積班

暗殺予告

1

「これじゃ、強行犯係《きょうこう》は仕事になりませんよ」

安積《あずみ》警部補は課長の机の前に立ち、正面から榊原《さかきばら》課長の顔を見据《みす》えて言った。課長は、顔をしかめた。

「わかっている。だが、本庁警備部からのお達しなんだ。手が足りないんだよ」

「方面本部からの指示で、人を割《さ》かなくちゃならないんです」

「方面本部……？　ああ、海上保安庁から入った情報だな」

海上保安庁の巡視艇が羽田沖でパナマ船籍の貨物船を臨検した。密航者を乗せているという情報があったのだそうだ。船内の捜索をした結果、十二名の密航者を上陸前に検挙できた。中国系だ。蛇頭《じゃとう》がらみだということだ。

その際に、一名が海に飛び込んだのだそうだ。飛び込んだところを見た者はいない。だが、数人が水音を聞いている。

おそらく検挙を免れようと思って飛び込んだのだろうが、海上保安庁ではすでにその逃亡者が死亡していると考えているようだった。海の水温というのは、気温に約二ヶ月遅れて上昇したり下降したりする。つまり、春先の海が最も冷たいのだ。

東京湾岸を管轄とする所轄署、つまり、水上署《すいじょう》、月島署《つきしま》、深川署《ふかがわ》、城東署《じょうとう》、そして東京湾臨海署に方面本部から通達があり、逃走した密航者を捜索することになったのだ。

この件に関しては二つの方面本部が関《かか》わっている。水上署、月島署、東京湾臨海署は第一方面本部、月島署、深川署、城東署は第七方面本部だ。

こうして海の側から警察の管轄を眺めると不合理きわまりない。安積はそう思うのだった。

もともと警視庁ができた明治時代からの縄張りを新設署ができるたびに分割していったという歴史がある。当然、東京湾の埋め立て地のことなど考えていなかったのだ。今や、高速湾岸線が通り、およそ三分おきに、水上署、東京湾臨海署、深川署、城東署の管轄を横切ってしまう。

当然、東京湾岸で起きた事件は、これらの所轄署が互いに入り乱れ、あるときは押し付け合い、あるときは奪い合うことになる。

新設の東京湾臨海署は助《すけ》っ人《と》の立場に追いやられることが多かった。

密航者事件も、おそらく港南《こうなん》、八潮《やしお》、東海《とうかい》、京浜島《けいひんじま》といった羽田に近い湾岸を管轄に持ち、なおかつ船舶を所有している水上署の手柄になるものと、安積は思っていた。

「なんとかやりくりしてくれ。所詮《しょせん》、所轄署は方面本部や本庁の指示で動くしかないんだ」

安積は曖昧《あいまい》にうなずいた。榊原課長はそういう考え方をする人だ。それは仕方のないことだ。警察組織というのは、おそらくそういうものなのだろう。だが、安積は釈然としなかった。

どんなに命令系統がはっきりしていようが、所轄署を切り盛りするのは、その場にいる署員でしかない。安積はそう思っていた。だが、課長の立場もわからないではない。

「それで、その要人警護の件ですが、本庁の警備部主導なのですね?」

「そう。迷惑なことだが、管内にテレビ局があるのだから、しょうがない。ハリウッドからやってきた人気俳優だそうだ。香港《ホンコン》出身でハリウッドに進出したアクションスターだ」

「テレビで見ました。ブルース・リーの再来と言われているらしいですね」

「何だか知らんが、アメリカに進出するに当たって、香港マフィアとのトラブルがあったらしい。その刺客がやってくると、本人がずいぶん怯《おび》えているらしい」

安積はうなずいた。そういう話は聞いたことがある。ブルース・リーもハリウッドに進出した際には香港マフィアとのもめ事があったという話がある。ブルース・リーの息子がやはりハリウッドで映画俳優としてデビューしたが、若くして死んでいる。これも香港マフィアがらみだったという説もある。

「どういうトラブルなんでしょう」

「知らんよ。知る必要もない。我々は、とにかく台場《だいば》のテレビ局にそのVIPがやってきて、立ち去るまで見守ればいいんだ」

「なるほど……」

その俳優の名前はサミエル・ポー。香港映画界の新しいスターだった。まだ、二十六歳という若さだ。香港映画界はマフィアと緊密に結びついている。それは、日本の映画界の黎明期《れいめい》に興行を暴力団が仕切っていたのと似ている。

おそらくサミエル・ポーは、野心に燃え、アメリカを目指したのだ。その際に、香港マフィアに対して、何らかの不義理をしたのだろう。三合会《トライアド》をはじめとする香港黒社会はそういう不義理を絶対に許さないという話を、安積は本庁の国際捜査課の人間から聞いたことがあった。

「わかりました」

安積は言った。「密航者捜索のほうには、須田《すだ》と黒木《くろき》をやりましょう。サミエル・ポーのほうには、私と村雨《むらさめ》、桜井《さくらい》が出向きます」

「頼むよ。警備課と連絡を取り合ってうまくやってくれ」

「強行犯係が留守になるあいだは、よろしくお願いします」

「わかっている。刑事課を総動員してバックアップするよ」

安積は、これ以上課長にプレッシャーはかけられないと思った。榊原課長は苦労人だ。警察という組織を知り尽くして、その中でなんとかうまく立ち回ろうとしている。だが、安積からすると、余計なことを知りすぎているという気がする。

おそらく、組織内で波風を立てずに、もう一階級くらい昇進して定年を迎えたいと願っているのだろう。それは非難されることではない。榊原課長のような人間がいなければ、警察という組織が成り立たないのだ。

安積は強行犯係の机に戻ると、須田に声を掛けた。

「例の密航者の捜索の件には、おまえさんと黒木の二人で行ってくれ」

須田は、子供が秘密の命令を受けたときのように、必要以上に深刻な表情になった。

「わかりました」

この三十一歳になる部長刑事は、すべてにおいて不器用に見える。明らかに太りすぎだし、人付き合いに苦労しているように感じられるのだ。彼の反応は安っぽいテレビドラマの登場人物のようにパターン化されているが、おそらくそうした態度を取ることが正しいコミュニケーションのあり方だと思いこんでいるのだろう。そう決めて生きていくほうが、彼にとっては楽なのかもしれない。

須田は隣の席の黒木にうなずきかけると、不器用に椅子《いす》をがちゃがちゃいわせて立ち上がった。

一方、黒木は何もかもが須田とは対照的だった。精悍《せいかん》な豹《ひょう》のような体つきをしている。彼は音も立てずに素早く立ち上がった。

「じゃあ、チョウさん、行ってきます」

東京湾臨海署で安積を「チョウさん」と呼ぶのは須田だけだ。安積がまだ主任の頃《ころ》、須田と組んでいたことがある。その頃からずっと変わらず「チョウさん」なのだ。

須田と黒木が出かけると、安積は言った。

「村雨と桜井は、私といっしょにテレビ局だ。サミエル・ポーが映画の宣伝の目的で番組に出演するのだそうだ。サミエル・ポー本人に暗殺予告があったそうで、ひどく怯えているらしい。その警護だ」

村雨はうなずいた。

「話は聞いています。でも、それって警備課の仕事でしょう?」

村雨は必ずこうした杓子定規《しゃくしじょうぎ》なチェックを入れたがる。榊原課長と馬が合うかもしれない。

「もちろん警備課は総動員だ。それでも手が足りない。だから、お声が掛かったんだ」

「密航者の件も、方面本部からのお達しなんでしょう? そっちは須田と黒木だけでいいんですか?」

「仕方がない。強行犯係は五人しかいないんだ。方面本部で何か言ってきたら、地域課や交通課にもっと融通してもらう」

村雨は再びうなずいた。彼も悪気があるわけではない。確認を取らねば気が済まない質《たち》なのだ。優秀な警察官の条件の一つだ。たしかに村雨は優秀な警察官だ。安積も頼りにしている。だが、少々癇《かん》に障るのは否めない。

「現場のテレビ局にはすでに本庁の警備部の連中が到着しているそうだ。すぐに行ってくれ」

「係長は？」

「私は用事を二、三片づけてから行く」

「わかりました」

「現場で私の到着をぼうっと待っている必要はないぞ。本庁の警備部からうちの警備課長の指示に従って動いてくれ」

「はい」

村雨に対しては、釈迦《しゃか》に説法だったかもしれない。

村雨に何か言われる前に、桜井はすでに立ち上がって出かける用意をしていた。見事にしつけられている。飼い慣らされた犬のようだ。

桜井は強行犯係で一番若い。経験豊かな村雨と組むのは刑事の仕事を覚えるにはいいことだ。だが、村雨のように杓子定規なものの考え方にされてしまうのではないかと、安積はひそかに心配していた。

村雨と桜井が出かけると、安積は山のようにたまった書類を思った。どれから手を着けていいかわからない。安積もテレビ局へ出かけなければならないのだが、書類仕事を始めてしまうと容易に終わりそうにはない。

どうしたものか迷っていると、電話が鳴った。内線だった。

「はい、強行犯係」

「若い衆はどうした。ハンチョウ自らが電話を取るのか？」

声ですぐにわかった。速水直樹《はやみなおき》だった。交機隊の小隊長だ。階級は安積と同じ警部補。初任科では同期だった。

「ここでは手が空《あ》いているものが電話を取るんだ」

「みんな出かけているんだろう？　海岸掃除に、スター見物だ」

「知っているのなら、いちいち訊《き》くな」

「おまえさんも出かけるのだろう？　俺《おれ》も警備にかり出される。パトカーに便乗したくはないか？」

「パトカーで乗り付けるほどの距離じゃない」

「まあ、そう言うな。下の駐車場で待ってるよ」

「待て、私はまだ片づけなければならないことがある」

「三分後に駐車場で会おう」

電話が切れた。

安積はそっと舌打ちをした。だが、これで踏ん切りがついたのも事実だ。書類仕事など後回しだ。とにかく、現場へ出かけよう。立ち上がると、課長がこちらを見ているのに気付いた。

私の行動を監視しているのだろうか？

安積はふと思った。それとも、私たちが指示どおりに動くかどうか心配なのだろうか？

その両方のような気がした。

真っ平らな埋め立て地の上には、今では高速道路が通り、豊かな緑が育っている。風はまだ冷たいが、明らかに海風で春の訪れを告げていた。

かすかにだが潮の香りがするような気がする。安積警部補は、そう感じながら東京湾臨海署の外階段を下った。東京湾臨海署には階段が二つある。建物の中にある階段とこの非常階段だ。それぞれ署員たちは内階段、外階段と呼んでいる。

外階段を下ると小規模の警察署にはそぐわないほど広い駐車場があり、パトカーが並んでいる。所轄署に割り当てられるパトカーは署員百人に対して一台の目安だ。つまり、二百人に満たない東京湾臨海署には二台もあれば御の字ということになる。

実は駐車場に並んでいるパトカーは東京湾臨海署のものではない。長い間ここは、交通機動隊と高速道路交通警察隊、つまりハイウェイパトロールの分駐所だった。

発達していく東京湾岸の高速道路網のために置かれた分駐所だったが、かつての臨海副都心構想を睨《にら》んで警察署が同居することになった。バブルの崩壊により臨海副都心構想が頓挫《とんざ》し、一時は警察署機能を閉鎖していたが、放送局ができるなど台場付近が発展するに従い、再び警察署が再開されることになった。

交通機動隊や高速道路交通警察隊は本庁に所属している。つまり、東京湾臨海署の駐車場に並んでいるパトカーは本庁のものなのだ。

東京湾臨海署はマスコミなどからベイエリア分署と呼ばれていた。日本の警察には分署という組織はない。だが、東京湾臨海署はあまりに規模が小さい上に本庁の交機隊・高速道路交通警察隊の分駐所と同居しているところからいつしかそのように呼ばれるようになったのだろう。今では、警察内部の会議でも使われるほどにこの呼称は一般的になっている。

「ハンチョウ殿。お待ち申し上げておりました。ハンチョウ殿の運転手を務めさせていただきます」

速水がにやにや笑いながら声を掛けてきた。

「わざわざパトカーで出向くほどの距離じゃないと言っただろう」

「てくてく歩いて現場に出かけたんじゃ、本庁の連中になめられる」

「本庁の連中って、おまえだって本庁の人間だろうが」

「いいや、俺はベイエリア分署の速水だ。おまえさんの身内だ」

安積はかすかにかぶりを振った。

「俺の運転手だって？　ついでに俺を乗せていくだけなんだろう？」

「心外だな、ハンチョウ。俺はよろこんでおまえさんの役に立ちたいと思っているんだ」

「とにかく、乗せてもらうのはありがたい。すでに時間に遅れているんだ。出かけよう」

速水がパトカーの運転席に乗り込んだ。安積が助手席に座ると、すぐにエンジンを掛けた。

勢いよくパトカーは駐車場を飛び出し、安積はシートに押しつけられた。安積は抗議のうめきを洩《も》らした。

歩道を歩く村雨と桜井の姿が見えてきた。安積は速水に言った。

「おい、あの二人を乗せてやってくれ」

速水はちらりと横目で見ると言った。

「あれ、俺が運転しているのはタクシーだったっけな」

「いいから停《と》めてくれ」

速水がパトカーを歩道に寄せると、村雨が近づいてきて助手席をのぞいた。

「ああ、係長ですか……。何かと思いましたよ」

「現場へ行く。乗ってくれ」

「目と鼻の先ですよ」

「速水に言わせれば、てくてくと歩いて現場に現れると、本庁の連中になめられるのだそうだ」

村雨が不思議そうな顔で運転席の速水を見た。安積には速水がふてぶてしい笑いを浮かべているのが見なくてもわかった。

2

本庁からは警備課長が来ていた。陣頭指揮を執っている。方面本部の管理官もやってきている。東京湾臨海署の警備課長は、ほとんど直立不動で管理官らの応対をしている。

機動隊のバスがやってきており、まだその中で隊員が待機している。警備の主役は、その機動隊員たちだ。東京湾臨海署の警備部やかり出された安積たちは、体のいい道案内に過ぎない。

臨海署の交通課は、交機隊や高速道路交通警察隊と共同で検問所を設けたが、決定的にパトカー台数や人数が不足している臨海署交通課はやはり脇役《わきやく》の感があった。

サミエル・ポーがテレビ局にやってくるのは午後三時。テレビ局を出るのが、午後五時の予定だった。すでに警備プランは昨日までにできあがっている。

やがて、警備課長の発令でテレビ局周辺のあらゆる場所に機動隊員が配備された。テレビ局内には私服の本庁警備課係員が散った。臨海署の警備課係員もそれに混じっている。

強行犯係は蚊帳《かや》の外という感じだった。

村雨と桜井は、駐車場に回された。安積と臨海署の警備課長、警備係長らは予備班、つまりデスク待遇だ。

警備係長の名は、土井正治《どいまさはる》。安積よりも幾分若いが階級は同じだ。会議で顔を合わせるくらいで、普段はあまり話をしたことがない。臨海署のような小さな所帯でも、部署が違えばそんなものだ。

警備本部に当てられたテレビ局の会議室があまりに息苦しいので、安積は土井に耳打ちした。

「ちょっと巡回に出ないか?」

土井は驚いたように安積を見てから、そっと周囲を見回した。誰《だれ》も安積たちに注意を向けている者はいない。相変わらず、臨海署の警備課長は、本庁の課長や管理官の世話に追われている。

「巡回だって?」

「ドライブだ。いい運転手がいるんだ」

土井は不審げな顔で安積を見ていたが、安積が出口に向かうと、黙って後をついてきた。

テレビ局の前に、まだ速水の車が停まっているのを見つけた。彼は、どうやら遊軍らしい。

運転席に近づくと、速水は獲物を待つ猛獣のような雰囲気を漂わせて、フロントガラスから前を見据えていた。

「何か気に入らないことでもあるのか?」

安積が声を掛けると、速水はゆっくりと顔を向けた。

「退屈しているんだよ」

「その辺を一回りしてきたいんだが……」

「行けと言われれば、火星だろうが土星だろうが行ってやるぜ」

「土井警備係長は知っているな?」

「もちろんだ。俺はおまえさんより顔が広いんだ。さあ、さっさと乗れよ」

安積が助手席、土井が後部座席だった。速水が車を出すと、土井が言った。

「今、正午を過ぎたところだ。あと五時間か……」

「ずいぶん憂鬱《ゆううつ》そうじゃないか」

速水が言った。「弱小の所轄にとってこんな晴れのイベントは滅多にないぞ」

「所轄はただひやひやするだけだよ。私たちに事前の段取りをやらせておいて、本庁が大手を振って乗り込んでくる。何か起きれば所轄の責任だ」

「そんなことはない。責任は指揮を執っている本庁の警備課長にある」

「とにかく、何事もなくサミエル・ポーが管轄区域から立ち去ってくれることを祈るだけだ。安積さん、あんただってそうだろう」

安積がこたえる前に、速水が言った。

「いや、この男は祈らないんだ」

「何だって？」

「祈ったりしない。やれるだけのことをやり、それで何かトラブルが起これば自分の責任だと思いこむ。そういう男なんだ」

土井は沈黙した。速水の毒気に当てられたのだ。安積はその沈黙が煩わしく、ポケットから携帯電話を取り出した。

「ちょっと失礼する」

安積は二人にそう断ると、須田の携帯に電話を掛けた。五回、呼び出し音が鳴った。切ろうかと思ったところで、須田が出た。

「安積だ。そちらはどうだ？」

「あ、チョウさん。すいません。すぐに出られなくて。ちょっと手が汚れてましてね……。いや、もう参《まい》りましたよ。水が冷たくって」

刑事の仕事というのはこういうものだ。現場へ足を運んで、泥まみれになって何かを探す。須田と黒木は海岸で、寒風の中、かじかむ手に息を吐き掛けながら、文字通り草の根を分けるようにしてあるかないかわからない何かを探しているのだ。

「それで、どうなんだ？」

「それがね、チョウさん。ちょっとたいへんなことになってましてね……」

「いいか、須田。前置きはいいから要点を言ってくれ」

「遺留品らしいものが発見されたんですよ」

「遺留品……？　密航者のか？」

「ええ。暁埠頭《あかつきふとう》公園でうちの地域課の人間が見つけたんです。それがね、チョウさん、潜水用のウェットスーツっていうんですか？　黒いゴムのやつです。それにシュノーケルがついたマスク。足ひれもありました。ダイビングに詳しいやつの話だとフィンというんだそうですね。ウェットスーツのほうは、ロクハンというやつだそうです。厚さが六ミリ半なのでそういうのだそうですが、これだけの厚さがあれば冬の海でも潜れるそうですよ。その二つが、しっかりとビニールの袋にくるんで置いてありました」

安積は須田の話を無言で検討した後に言った。

「それが密航者の遺留品だという根拠は？」

「場所は暁埠頭公園ですよ。こんなところでダイビングやサーフィンをやるやつはいませんよ。もちろん、漁師のものだとも思えません。今、地域係が付近に持ち主がいないかどうか調べていますがね、おそらくいないでしょう。俺と黒木はほかに何かないか捜索していたところです」

「待ってくれ。それじゃ、海に飛び込んだ密航者は、ウェットスーツを着て、マスクと足ひれを付けていたということか？　それじゃ検挙を免れるために、我を忘れて飛び込んだわけじゃないということになる」

「ええ。あらかじめ、飛び込むつもりだったんでしょうね」

「海保が臨検をした場所から、暁埠頭公園あたりまで泳ぐことなど可能なのか？」

「その点もダイビングに詳しい人間に訊いてみたんですけどね、きわめて難しいけれど、不可能じゃないかもしれないということです。厚手のウェットスーツは体温だけでなく浮力を確保してくれるし、フィンは泳ぎをものすごく楽にしてくれるらしいですね。そして、使い方を心得ている者にとってシュノーケル付きのマスクというのはそれこそ鬼に金棒なのだそうですよ」

「それにしても、何キロもあったはずだ」

「直線距離で約七キロありました」

「いくらウェットスーツを着ていたからって、水が冷たすぎる。生きてたどり着けたとは思えない」

「ええ、そうですね……。その点は俺もひっかかっていたんですが……。でもね、どう見てもこの包みは普通じゃないですよ」

須田は現場にいて、その現物を見ている。そして何かを感じ取ったのだ。それは、話を聞いただけの安積が感じるよりもずっと確かなものだ。そして、安積は何より須田の感性を信頼していた。

「おまえさんは、あくまでそいつが密航者の遺留品だと思うんだな？」

「ええ、チョウさん。俺はそう思います」

「……で、もしそうだとしたら、どういうことなんだろうな。ほかの十二名の密航者は海保に検挙されたんだ。その密航者だけがあらかじめ海に飛び込む用意をしていた……」

「ものすごく用心深くて、用意周到なやつだったんでしょうね」

須田は慎重になっている。こういうときは須田のペースでやらせたほうがいい。そのことを安積は経験から学んでいた。

部下が安積を助けてくれるのではない。現場にいるのは部下たちなのだ。その部下を助けるのが自分の立場だと、いつしか安積は思うようになっていた。

「捜索本部には連絡したのか？」

「ええ。電話で知らせました」

「それで、その遺留品らしきウェットスーツなんかはどこにある？」

「まだ、俺たちが持ってますよ」

「ちょっと待ってくれ」

安積は、速水に尋ねた。

「暁埠頭公園までどれくらいかかる?」

「五分くらいだ」

安積は電話の向こうの須田に言った。

「五分でそちらに行く」

「わかりました。待ってます」

電話が切れた。速水が言った。

「暁埠頭公園まで行くのか?」

「頼む」

「待てよ」

土井が言った。「警備の現場を離れるのか?」

「私たちは予備班だ。少しくらい抜けてもどうということはない」

「ハンチョウ。サイレンを鳴らせば、三分で着くぞ」

「やめてくれ。街にいる機動隊員を刺激したくない」

「どうしてもだめか?」

「だめだ」

速水はサイレンを鳴らさず、それでも五分以内にパトカーを目的地に到着させた。

須田と黒木は吹きさらしの埠頭《ふとう》におり、すっかり体が冷え切っているようだった。須田の唇は色を失っている。そして、その手は冷たさのせいで赤くなっていた。

問題のウェットスーツは、新品に見えた。少なくともそれほど使い込まれたものではない。フィンもマスクも新しい。そして、それを包んでいたというビニールの袋は、何か特別なものに見えた。日常生活でお目に掛かるようなものではない。

須田はビニールの袋と言ったが、それは布にビニールをコーティングしたたいへん丈夫な袋だ。色は黒で表面は艶消《つやけ》しになっている。

大きな袋で、畳んだウェットスーツを楽に入れることができる。

須田の言ったことが納得できた。こういうものが落ちているというのは普通ではないという感じがする。

安積は、須田に尋ねた。

「それで、これの持ち主はまだ現れないのだな?」

「ええ。遺失物や盗難の届けも調べてみましたが、該当するものはありませんね」

速水がじっと黒いウェットスーツとそれを包んでいたという黒い袋を見つめているので、安積は尋ねた。

「どう思う?」

「軍隊か何かで使う袋のように見えるな」

「軍隊？」

「そう。海軍だ。それも特殊任務に就くような連中が使う袋だ」

「どうしてそんなことがわかる？」

「軍隊のものだと言っているわけじゃない。そういう目的で作られた袋のようだと言っているんだ」

「だから、どうしてそう思うんだ？」

「すこぶる頑丈で、しかも完全な防水措置が取られている。それだけなら、マリンスポーツをやる連中の持ち物と考えてもいいが、色と表面の質感が問題だ。真っ黒でしかも艶消し。これは、光を反射しないようにする配慮だ」

「そういうものを、ダイバーや漁師が流用する場合もある」

「そう。便利でしっかりしているからな。しかし……」

速水は周囲を見回して言った。「しかし、こんなところに忘れていくやつがいるとは思えない。そして、こいつはまだ濡《ぬ》れている。ダイバーならば、濡れた器材はメッシュのバッグに入れて持ち歩くだろうし、漁師ならちゃんと洗って干してあるはずだ。海水につけたままだとすぐに傷んでしまうんでな。ウェットスーツもフィンもマスクも新品。捨てたとも思えない」

「おまえはなんでそんなことに詳しいんだ？」

「交機隊は全能の神に等しい。何でも知っている」

「ああ、そうらしいな」

「それに、刑事と違って要領がいいんで、道楽に費やす時間を作れるんだ」

安積は須田に言った。

「捜索本部に持ち帰る前に現物を見ておきたかったんだ。たしかに、おまえさんの言うとおりだったよ」

須田は、ほめられた子供のように無防備で明るい笑顔を見せた。

「この丈夫な防水の袋ですがね、チョウさん。俺、考えたんですけど、これに衣類を包んでいたんでしょうね。上陸したあとにそれに着替えたんです」

「考えられるな」

安積は、嫌な気分だった。自分たちの知らないところで何かが進行している。「須田、なんとかこの密航者の足取りをつかみたい」

「ええ。わかってますよ、チョウさん」

須田はさきほどの明るい笑顔とはうって変わって、仏像のような半眼になっている。この表情は深く何かを考えていることを意味している。

土井が時計を見て、苛立《いらだ》ったように言った。

「おい、そろそろ、警備本部に戻らなくてはならないんじゃないか？」

速水が言った。

「そう、おたおたするなよ。サミエル・ポーが来るのは三時だ。まだたっぷり時間がある」

「警備は、対象者が姿を見せるときだけが問題なんじゃない。その前の準備が大切なんだよ」

速水は大げさに溜《た》め息《いき》をついた。

「だから、こうしてこのハンチョウはここへやってきたんだ」

土井が不審げな顔をした。

「どういうことだ?」

「あんたは刑事にはなれそうもないな。いいか? 密航者が一人姿を消した。この密航は蛇頭がらみだ。そして、検挙された他の十二名は中国系。姿をくらましたやつは、用意周到に海に飛び込む用意をしていた。これがどういうことかわからないのか?」

土井はようやく事態を呑《の》み込《こ》んだという顔つきになった。

「つまり、香港マフィアが放った刺客だと……?」

「こうして、その密航者の遺留品らしいものがここで発見された。サミエル・ポーが出演するテレビ局がある台場とは目と鼻の先だ。これが偶然だとしたら、忙殺される臨海署はよほどツキがないという気がするんだがな……」

「そうか……」

土井は言った。「当初から、本庁の警備部では、このテレビ出演のことを気にしていた。

サミエル・ポーが来日している間、警備が最もやりにくいのがこのテレビ局に出入りするときなんだ。つまり、それだけ暗殺者にとってはチャンスが多いということになる」

「そういうことだよ」

「あくまで念のためだ」

安積は言った。「この遺留品が、暗殺者のものだと決まったわけじゃない」

「だが、その可能性は大きいと、こいつは考えているわけだ。そういうふうに筋を読んだんだ。これが刑事の仕事だよ」

土井は安積の顔を見た。

「だとしたら、暗殺者はすでにこのあたりに潜り込んでいることになる」

安積はうなずいた。

「そう考えたほうがいいだろうな」

「すぐに警備本部に電話しよう」

「不確実な点も多いから、戻って直接話した方がいい。あんたが行って話してくれ」

「安積さんはどうするんだ？」

「私は、密航者の捜索本部のほうに行く。警備事案との関わりが出てきたことを説明しなければならない」

土井はふと不安そうな顔つきになった。本庁の警備課長や方面本部の管理官の顔が浮かんだのだろう。警察組織では、下っ端が上の人間に何か言うのには勇気がいる。普通は上から何かを訊かれてはじめて意見を言うことができるのだ。

捜査本部や警備本部といった本部組織は、上意下達を円滑に図るために作られるのだ。

だが、土井にはやってもらわなければならない。

土井は自信なさそうにうなずいた。

「わかった。急いだほうがいいな」

安積は速水に言った。

「彼を乗せてすぐにテレビ局の警備本部に戻ってくれ」

「あんたの足はどうする？ 水上署まで行くんだろう？」

「何とかする」

「土井係長を送り届けたら、すぐに戻ってくるよ。十分とかからん」

正直言ってありがたかった。臨海署のパトカーはすべて警備のほうに回されている。水上署のパトカーがわざわざ迎えに来てくれるとも思えなかった。

「すまんな」

「言っただろう。俺はハンチョウの役に立ちたいんだってな」

土井と速水が去っていった。振り向くと、須田がくすくすと笑っていた。

3

水上署に着くと、速水が言った。

「俺も行っていいか？」

「おまえは警備の任務に就いているんだろう？」

「こっちも警備事案との関わりが出てきたと言ったのは、ハンチョウだぞ」

「付いてきてどうする気だ？」

「味方は一人でも多いほうがいい」

「ばかなことを言うな。敵も味方もあるか」

安積は水上署の玄関に向かった。

捜索本部には会議室の一つが当てられている。いくつかの電話と地図、ホワイトボードに並んだ机。捜査本部と変わらない様子だった。

水上署の生活安全課の課長が本部主任を務めていた。和久井《わくい》という名の警部だ。年齢は五十歳前後。恰幅《かっぷく》がいいという言い方もできるし、太りすぎだともいえる。

そのドングリ眼《まなこ》を、黒木が抱えた黒い大きな袋に向けると、和久井は言った。

「それが、例のものか……」

安積はうなずいた。

「そうです」

「安積係長。あんたが来てくれるとは思わなかったな。それに、交機隊の小隊長が一緒なのはどういうわけだ？」

速水が、かすかな笑みを浮かべていった。

「自分のことは気にせんでください」

安積がそれを補った。

「この遺留品を運搬しなきゃならないので、パトカーを頼んだのです」

「とにかく、見せてもらおうか……」

和久井課長の言葉を合図に、捜索本部にいた係員たちが集まってきた。代表して和久井課長が手袋をはめ、慎重に袋からウェットスーツやマスク、フィンを取り出した。それらを机に並べる。

捜索本部の連中が一通りそれらを見終わると、和久井課長は言った。

「鑑識に回してくれ。詳しいことを調べよう」

安積はそのタイミングを逃さず、和久井に言った。

「台場のテレビ局でちょっとばかり大がかりな警備事案があるのをご存じですね？」

「ああ、何とかという映画スターの件だな？　臨海さんも災難だな」

「この遺留品は、その警備事案に関連していると考えられる節があります」

安積は慎重に言葉を選んでいた。ばかばかしい話という印象を相手に抱かせたくはない。

和久井は、ぎょろりと眼《め》を動かし、安積を見つめた。

「警備事案と……？」

「はい。もともと、大がかりな警備を敷くことになったのは、香港マフィアがサミエル・ポーを暗殺すると、本人に予告してきたからなのです」

和久井課長は、安積をじっと見つめていたが、やがて、さっと周囲の係員たちを見回した。それから視線を安積に戻して、おもむろに言った。

「つまり、姿をくらました密航者ってのが、その暗殺者だと……？」

「確証はありませんが、もし、あのウェットスーツやビニールの袋を遺留したのがその密航者だとしたら、その可能性は大きいと思います」

和久井課長は、横にいた水上署員の一人に尋ねた。

「どう思う？」

尋ねられたのは、防犯係長だ。何度か会ったことがある。

「どうでしょうね。考えすぎという気もしますが……。確認されている事実というのは、誰かが海保の臨検を逃れて海に飛び込んだ。そいつがまだ見つかっていない。そして、暁埠頭公園に、ウェットスーツやら何やらが落ちていた。それだけのことですからね」

和久井は別の署員に尋ねた。

「おまえはどう思う？」

尋ねられたのは若い係員だ。彼は難しい表情でこたえた。

「どうって……。これ、出入国管理法の事案でしたよね。それが、急に暗殺だ何だと言われたって……」

別の係員が言った。

「海保の言うには、飛び込んだ瞬間に死んじまったんだろうってことだ。海のことは海保が一番よく知っている」

「そうですよ」

防犯係長が言った。「水死体の捜索と暗殺計画の捜査とじゃ、当然体制も変わってきます。今の体制じゃ……」

やはり、すぐには納得してもらえないか……。

安積は思った。予想していたことだ。水上署は長い間東京湾岸の広い地域を管轄としてきた。臨海署はその一部を分割して受け持っている。東京湾と湾岸に関してはどこよりも詳しいという自負もあるだろう。

安積が、さらに説明を加えようとすると、和久井が唸《うな》るように言った。

「情けねえな。それでも警察官か？」

安積は思わず和久井の顔を見ていた。水上署の連中も驚いてそちらを見た。

「鑑識の検査を待つまでもねえ。どうだ？　あのウェットスーツだのマスクだのを見て妙だとは思わねえのか？　何か妙なことが起こっている。そう考えて当然だろうが。海に飛び込んだやつがすぐに海保に発見されなかった。それだけでもおかしいと思わんのか？

水上署は水際のプロだろうが。おまえら、本当に水上署員のプライドがあるのなら、この新しいお隣さんの声に耳を傾けたらどうだ?」

和久井は安積を見た。

「なあ、安積さんよ。俺はおまえさんの筋に乗るぜ。こいつはどう考えてもおかしい。ただの密航事件じゃねえ。最初からそんな気がしていたんだ。俺は方面本部にこのことを上げて体制を立て直す。刑事課も駆り出して徹底的に目撃者を探す」

安積はこういう場合どう言っていいかわからず、黙ってうなずいた。

「問題は、警備のほうとどう連絡を取るかだ。警備は本庁の警備部主導なんだろう? 管理官も来ていると聞いている。そんな連中を動かすのはなかなか骨だが、それは言い出しっぺの臨海署の仕事だ」

「わかっています」

安積は言った。「そちらは任せてください」

和久井は不敵な笑いを浮かべた。

「臨海さんだけに手柄は渡さねえよ。任しときな。必ず密航者の足取りはつかんでみせる」

パトカーのハンドルを握る速水が言った。

「ときどき、警察官も捨てたもんじゃないという気になる。特にああいう警察官に会ったあとにはな」

安積は無言で正面を見つめていた。速水同様に実は密《ひそ》かに感動していたのだ。水際のプロ。水上署員のプライド……。そういう言葉には無条件に心を動かされてしまう。

速水は、再びテレビ局の正面にパトカーを停めた。安積は、一人パトカーを降りてテレビ局内の警備本部に向かった。

本部に顔を出すと、雰囲気がちょっとおかしかった。なぜか視線が冷たいような気がする。サミエル・ポーがやってくる時間が刻々と近づいてきており、その緊張のせいだろうと思った。

安積は、土井警備係長に近づいて言った。

「どういう具合だ?」

土井は心なしか蒼《あお》ざめて見える。視線をそらすと彼は小さな声で言った。

「それが……」

「安積君!」

離れたところから呼ばれ、安積は顔をそちらに向けた。臨海署警備課長だった。そのそばには本庁の警備課長と方面本部管理官がいる。

彼らは決して機嫌がいいとは言えなかった。安積は彼らに近づいていった。

「何でしょう?」

臨海署警備課長の名は、下沢《しもざわ》という。下沢課長が言った。

「安積君。勝手に持ち場を離れないでくれ」

迷惑しきりという顔つきだ。

「申し訳ありません」

安積は言った。「強行犯係は、別の事案にも人を割かれていましてね……。ちょっとそちらのほうが気になったもので……」

「聞いている。密航者の捜索だろう。そんなことは、水上署にある捜索本部に任せておけばいい。警備のほうがプライオリティーが上だ。それくらいのこともわからんのかね？」

下沢課長は、言いたくもない小言を言っている。それが態度でわかった。もともとこんな言い方をする人ではない。

つまり、本庁の警備課長や方面本部管理官に対する防波堤になろうとしているのだ。予防線を張っておこうというわけだ。

「耳よりな情報があったのです。行方がわからなくなっている密航者の遺留品と思われるものが発見されました」

「土井君から聞いたよ」

「だったら……」

「安積君。警備というのはね、綿密な計画に基づいて全員が一糸乱れぬ行動を取らねばならない。誰かがそれを乱したら、計画全体に影響が出るのだ」

安積は驚いた。つまり、土井がもたらした情報は取り沙汰《とざた》されなかったということだ。

まさかそんなことになろうとは思ってもいなかった。警備本部にとって、耳よりの情報のはずだ。

危険な要因はできる限り排除しておかなければならない。そして、土井は最も危険な要因に関する情報をもたらしたはずだ。

「安積君といったね？」

本庁の警備課長が言った。本多《ほんだ》という名の警視だ。「情報は聞いた。参考にさせてもらう」

「参考……？」

「そうだ。暗殺者が海から上陸したというのは興味深い話だ。だが、それだけのことだ。我々は誰も警備対象者には近づけない。万が一、誰かが近づいて襲いかかったとしても、我々は体を張ってそれを阻止する。それが警備警察だ」

本多課長の言葉は自信に満ちていた。肩幅が広く、若い頃にかなり鍛《きた》え上げたことがうかがわれる。堂々たる体格にふさわしい物言いだった。

そして、本多課長の態度には氷のような冷ややかさがあった。刑事などに、高次元の警備のことはわかるまいという態度だ。

「やってきた人物はすこぶる危険なやつだという気がします。用意周到で、なおかつ大胆なやつです。ウェットスーツを用意して、海上保安庁の臨検を逃れ、上陸しました。衣類を入れていたと思われるビニールの袋は、軍隊で使用される物だと言う者もおります。軍隊などの訓練を受けている恐れがあります」

「訓練なら、我々だって充分に受けている」

本多課長は少しばかり語調を強くした。「機動隊は精鋭部隊だよ。いいかね。テロに断固対抗するというのは世界的な潮流だ。その第一線にいるのが我々警備部なのだ。警備の計画は綿密に練られている。君が心配することではない」

自信のほどはよくわかった。本庁の警備部が、テロに対する研究や訓練を充分に行っているというのも本当だろう。しかし、安積は納得ができなかった。

今、警備と捜索が別々に進行している。この動きをリンクさせるだけで、どれだけ効率が上がることか……。大所高所からものを見られない現場の浅はかさだろうか？　いや、そんなことはないはずだ。安積は、心の中で検討した後に言った。

「わかりました。警備計画については、何も申し上げるつもりはありません」

「それでいい」

「私と臨海署警備課の土井係長は予備班です。できれば、独自の動きをさせていただきたいのですが……」

本多課長の眼が鋭く光った。声が荒くなる。

「そんな必要はないと言ってるんだ。予備班は、各ポイントからの連絡係という重要な役割があるんだ。ふらふらと出歩くことは許さん」

周りの者がおとなしく従っている間だけ、鷹揚《おうよう》な態度でいられるというタイプの人間だ。

警備畑にいる土井や下沢課長は、逆らうわけにはいかない。だが、安積には刑事としての立場があった。

もう一言何か言われたら、黙ってこの部屋を出ていこう。安積はそう考えて本多課長を見据えていた。

刑事ふぜいが警備事案に口を出すなと言いたいのだろう。だが、警備課長にも刑事警察のことがわかっているとは思えなかった。

警備本部の中の空気は張りつめていた。土井や下沢課長がはらはらした顔をしているのが、肌で感じられた。

「各ポイントの連絡業務は、自分と課長で充分にこなせます」

そう言ったのは土井だった。

その場にいた全員が、さっと土井の顔を見た。土井は、今にも泣きそうな顔をしていた。

「安積には、ここと水上署の捜索本部との連絡係をやってもらってはどうでしょう。情報は多いに越したことはありません。それだって、立派な予備班の仕事だと思いますが……」

本多課長の顔がさらに険しくなった。

「警備課の君までそんなことを言うのか。いいかね。暗殺者が海から上陸したというのは確実な情報ではないのだ。密航者が一人行方不明で、埠頭あたりに不審な誰かの忘れ物があった。それだけのことなんだ。それを、彼は大げさに騒ぎ立てているだけなんだぞ。警備の基本は、冷静な判断と統率だ」

安積は、土井の思わぬ援護に驚き、そして感激していた。土井は、断崖《だんがい》から飛び降りるような気持ちだったに違いない。彼の表情がそれを物語っている。現場を見たという責任感から発言してくれたのだ。

血が熱くなるのを感じた。

緊張感はますます高まる。本多課長は今にも爆発しそうで、下沢課長は苦り切った顔をしている。

「いいじゃないですか」

それまで、ずっと黙って成り行きを見つめていた方面本部の管理官が言った。

本多課長は、厳しい表情でさっと管理官の顔を見た。細身で小柄な管理官は、そのいかつい顔つきに似合わぬ柔和な声で言った。

「この時期に中国人の密航者が行方不明になった。そして、不審な遺留品が発見された。どちらもこのすぐ近くでだ。偶然と考えるには楽観的過ぎるかもしれない」

本多課長は、管理官に向かって嚙《か》みつきそうな顔をした。

「しかしだな、警備体制を引っかき回すようなことは許すわけにはいかない」

「誰もそんなことは、言ってやせんじゃないですか。警備の現場も不審な遺留品も、臨海署の管内でのことだ。ここは所轄の意見も聞いてはどうです?」

本多課長は、しばらく管理官を睨んでいたが、やがて、さっと眼をそらした。それから、部屋の中を見回し、最後に安積を見た。

「いいか。警備体制に何か支障があったら、君が責任を取るのだ」

安積は、一呼吸置いてから言った。

「もちろんです」

「好きなところに行くがいい」

本多課長は、安積に背を向けた。安積は一礼して部屋を出ようとした。管理官と眼があった。管理官は、かすかにほほえんでいるような気がした。

テレビ局の玄関を出ると、まだ速水のパトカーがいた。安積は、その助手席に座ると言った。

「私は、どうしても大人になりきれないところがある」

速水はほくそえむと言った。

「わかってるさ、ハンチョウ。それがおまえさんのいいところだ」

「おまえは嫌なやつだな」

「わかってる。それが俺のいいところだ」

安積は、まず水上署の和久井課長に電話をした。警備本部と捜索本部の連絡係を安積が引き受けることになったことを告げた。

「了解だ、安積係長。おたくの舎弟をこき使わせてもらってるよ。さっき言ったように、刑事課と地域課からの助っ人を増やして聞き込みに回っている。あれからいろいろ話し合ってな、ちょっと気になることが出てきた」

「何です？」

「うちは水関係の事件が多い。だから、水難なんかの専門家もいるんだが、そういう連中の話を総合すると、いくらウェットスーツを着ていて、シュノーケル、マスク、足ひれを付けていたとしても、この季節、七キロを泳ぎ切るのは無理だろうと言うんだ。冷たい水はたちまち体力を奪ってしまう。体力が持たんらしい」

「それは、私も考えていました」

「船艇があったと考えたほうがいいと、専門家は言うんだ。つまり、飛び込んだやつが二キロか三キロか泳いだところで船艇に拾われると……」

「なるほど、その船で青海《あおみ》の埠頭に着岸して上陸した……」

「だがね、そこでまた問題がある。これも専門家の意見だがね、暗い海を泳いでいて待ち受ける船に正確にたどり着くことなどほとんど不可能だと言うんだ」

「海保の臨検は夜だったのですね？」

「そうだ。真っ暗な海だ。だからこそ、そいつは逃げおおせたのだがね……。どうやって待ち受ける船にたどり着けたのか、この謎《なぞ》がどうしても解けない。そして、そんな船があったのなら、ウェットスーツやら何やらをどうしてわざわざ陸上に持っていったのだろう。船に残してくれればいいんだ。これが二つ目の謎だ」

二つの謎。これは、ひょっとしたらウェットスーツやフィンなどが、姿をくらました密航者とまったく関係ないということを物語っているのかもしれない。そして、もしかしたら暗殺者とも何の関係もないのかも……。

ふと弱気になりかけたが、安積はその思いを振り払った。

「とにかく、聞き込みで何かわかるかもしれません」

「そうだな……。安積さん、あんたがこっちに来てくれると助かるんだが……」

安積もそのほうがいいような気がした。

「わかりました。これから向かいます」

電話を切ると、速水が声を掛けてきた。

「水上署へ行くのか?」

「そうだ」

速水はエンジンをかけてクラッチを踏み、ギアをローに入れた。

「おい」

安積は言った。「こっちに詰めていなくていいのか?」

「俺はベイエリア分署の速水だと言っただろう」

水上署の捜索本部は、先ほどとはうって変わって緊張した雰囲気に包まれていた。それは山場にさしかかった捜査本部の雰囲気そのものだった。

本部にいた須田は安積を見ると力ない笑顔を向けた。黒木はただうなずきかけただけだった。

「おう、安積さん」

壁に貼《は》られた地図を見つめていた和久井課長が、顔を向けて言った。「映画スターが台場にやってくるのは三時と言っていたな?」

「はい」

「今一時半か……。あと一時間半……」

「何か手がかりは?」

「だめだ。海保が臨検した時間帯に、あのあたりにいた船舶について調べてみたが、不審な船舶など一隻もない。第一、そんなものがいたら、海保の巡視艇のレーダーにひっかかっているはずなんだ」

「なるほど……」

「……というわけで、二つの謎は解けない。だが、密航者が七キロの距離を泳げたとも思えない。今は、目撃者探しとその船艇の線を洗うのが精一杯だ」

話を聞いていた速水が尋ねた。

「何だ、その二つの謎ってのは?」

安積は説明した。速水は関心があるのかないのかわからない表情で話を聞いていた。説明を終えると、安積は速水に尋ねた。

「どう思う？」

「俺はただの運転手だ。そんなことがわかるはずがない」

「交機隊は全知全能だとか言ってなかったか？」

「俺にできるのは、せいぜい台場のテレビ局と水上署を往復することくらいだよ」

和久井課長が言った。

「海を渡りゃすぐなのにな。車だと遠回りになる。台場とこの港南五丁目は海を挟んで目と鼻の先だ」

あと一時間半。だが、いまだに手がかりがない。このまま捜査は空振《からぶ》りに終わり、私はただ本多警備課長に楯突《たてつ》いただけで終わるのだろうか……。

安積は、そっと部下たちの表情をうかがった。

いや、あきらめてはいけない。きっと手がかりはある。きっと……。

そのとき、安積は須田が例の仏像のような顔をしているのに気付いた。須田は何かを熟慮している。

「どうした、須田？」

安積が言うと、その場にいた全員が須田に注目した。須田は、急に慌てた顔をして見せた。

「あ、いえね、チョウさん。今、和久井課長が言ったことが気になりましてね……」

和久井が不思議そうな顔をした。

「俺が何か言ったか？」

「海を渡ればすぐで、車だとどうのこうのって……」

「それがどうかしたのか？」

須田は、どこか申し訳なさそうな態度で地図の近くまで歩み出た。

「海保が船を臨検したのが、ここですよね」

須田は赤いマーカーの印を指差した。「そして、ウェットスーツなんかが見つかった青海の暁埠頭公園がここ。この距離はたしかに七キロあります」

「だから、それがどうしたんだ？」

和久井課長が少々苛立った口調で再び尋ねた。安積も思わず眉《まゆ》をひそめていた。

「ええ。ウェットスーツやら足ひれやらがここで見つかったので、俺たち、密航者がここに上陸したものと思っていましたが……」

須田は、赤いマークをさしている指をすっと動かした。「この臨検の場所から一番近い羽田新空港の岸までは、二キロほどですよ」

和久井課長は、地図と須田の顔を交互に見つめていた。

「つまりですね。充分に泳げる距離だということですよ。ここから陸に上がって、車で台場までやってくる……」

「ウェットスーツはどうなる？」

「偽装ですよ。そこから上陸したと思わせるための。なんせ、やつは用意周到なやつですからね。警察の眼をごまかそうとしても不思議はありません。事実、俺たち、そう思いこんでましたからね」

「しかし……」

和久井課長は次第に考え込む顔つきになった。地図を見た。「どこに車を用意していたというんだ。それに、そんな事前の準備ができるのなら、なにもわざわざ密航者といっしょにやってきて、海に飛び込まなくても……」

「準備など必要ありません」

安積が言った。「また、そんなことができるはずもない。羽田空港までたどり着けば……」

「そうか……」

和久井課長は唸った。「タクシーがいくらでもいる」

「そう……」

安積はうなずいた。「もし車を用意していたのなら、わざわざウェットスーツを残す必要などありません。トランクの中にでも入れておけばいいんです。そうすれば、痕跡《こんせき》をまったく残さずにいられる。しかし、タクシーを利用したのなら、荷物は持ち歩かなければならない。処分する必要があり、それを須田が言ったように偽装に使うことにしたのかもしれません」

「タクシー会社だ!」

和久井が本部中に響き渡る声で命じた。「くそっ。どうして気付かなかったんだ。タクシー各社に連絡して情報を集めろ。海沿いに捜査している連中を陸に集めろ。台場だ。目撃者はきっと台場にいる」

4

捜索本部と呼ぶべきか、もはや捜査本部と呼ぶべきか安積にはわからなかったが、とにかく和久井が指揮を執る本部は一斉に動き出した。

まったく見当はずれのところで捜索や聞き込みをしていた係員が、こぞって台場に集まりはじめた。安積は、そのことを警備本部の本多課長に知らせなければならなかった。自ら買って出た役割だ。

本多課長の機嫌のいいはずはなく、安積は怒鳴られた。

「聞き込み捜査だと？　警備をめちゃくちゃにする気か？　少しはおとなしくしていろ」

だが、安積は平気だった。捜査が山場にさしかかったという実感がある。捕り物ももうすぐだ。

「ハンチョウよ」

速水が言った。

「何だ？」

「刑事が誰かを逮捕するときは、いろいろと面倒な手続きがあるんじゃないのか?」

「出入国管理法違反容疑の緊急逮捕しかないだろうな」

「情報だけやって、放っておけばいい。あとは警備部の仕事だ。何かやらかせば、やつらが現行犯逮捕する」

「危険は最小限にくい止めなければならない。警備部がどうの刑事がどうのという問題じゃない」

「きれい事を言うなよ」

安積は大きく深呼吸した。

「本当を言うとな、刑事は狩りの本能には逆らえないんだ」


まず、タクシー会社から情報が入った。たしかに新羽田空港から青海まで奇妙な客を乗せたという運転手が現れた。係員が飛んでいって話を聞いたところ、その客は、地図を見せて行き先を指さした。それが青海の暁埠頭公園あたりだった。

客の髪が濡れており、ひどく顔色が悪いので不審に思ったそうだ。しかも、日本語がほとんど話せなかったという。その男の服装と人相が本部に伝えられ、それが聞き込みに回っている係員に伝えられた。

緑のジャンパーにジーパン。短い髪。

だが、なかなか目撃者は現れなかった。夜間の青海、台場あたりは極端に人口が少なくなる。

刻々と時間が過ぎていく。

須田と黒木も聞き込みに出ていた。しびれを切らした速水が言った。

「ここにいても埒《らち》が明かない。俺たちも台場に出かけないか？　もともとあっちが持ち場だったんだ」

「本部にいたほうが情報は集まるんだ」

「パトカーの無線を水上署の署活系の周波数に合わせておくよ」

話を聞いていた和久井課長が言った。

「そうしてくれ。一人でも現場の人手が多いほうがいい。とにかく時間がないんだ」

「わかりました」

「パトカーを呼び出すときは、何と呼べばいい？」

和久井が尋ねると、速水がこたえた。

「臨海３」

「臨海３だな？　了解だ」

安積はかぶりを振った。東京湾臨海署にはパトカーは二台しかなく、臨海３というパトカーは存在しないのだ。

安積を乗せたパトカーが台場にさしかかると、行く手があわただしくなった。パトカーや白バイが行き来し、機動隊員が移動している。

安積は時計を見た。

「三時だ。サミエル・ポーがやってきたんだ」

「タイムアップか?」

速水はふんと笑った。「あとは警備部に任せるしかないな」

安積は脱力感を覚えた。

「どうやら、そういうことらしいな」

速水はゆっくりとパトカーを縁石に寄せて停めた。サミエル・ポーを乗せているらしい白いリムジンがゆっくりと対向車線をやってくる。やがて、それがテレビ局の駐車場に消えた。

「どこかで、狙《ねら》っているんだろうな……」

安積はつぶやいた。速水は何も言わない。

安積は携帯電話を取り出して、駐車場にいるはずの村雨に電話した。

「サミエル・ポーは車を降りたか?」

「はい。いまのところ無事です」

「何事もないんだな?」

「はい。別に何も……」

「そうか。ごくろう」

安積は電話を切った。

「さて、どうする？」

速水が尋ねた。

「私は警備本部に戻る気分じゃない。そうだな。こっそりスターの顔でも拝みにいくか？」

「俺は女優にしか興味はない」

無線から和久井課長の声が流れてきたのは、それからたっぷり一時間もたってからだった。

「臨海3、こちら水上署捜索本部」

速水がマイクを取った。

「こちら、臨海3。本部どうぞ」

「マルタイらしい人物、発見。現在、係員が追跡中。場所は、テレビ局から有明方面へ約五百メートルの路上。ゆりかもめの駅のそばだ」

「臨海3、了解」

速水はマイクを置いた。

「どういうことだ？」

安積がそう尋ねたときには、速水はすでに車を発進させていた。

「サイレン、鳴らしていいか？」

「ああ、もちろんだ」

警備中の機動隊員が何事かと振り向く中、速水のパトカーは疾走し、やがて、歩道を必死で駆けている数人が見えてきた。その先頭に、緑のジャンパーにジーパン姿の、髪の短い男がいる。

「あれだ」

速水は、パトカーを自在に操り、その男の前へ出たと思ったら、いきなりドリフトをして停めた。

逃げていた男は一瞬立ち止まり、それが決定的な瞬間となった。追ってきた臨海署や水上署の係員がわっと殺到し、揉《も》み合《あ》いになった。そこに機動隊員が駆けつけ、たちまち男は取り押さえられた。

係員たちは、手錠を掛けた男を安積が乗っていたパトカーへ連れてきた。

なんでこいつはこんなところにいる？　どうしてテレビ局にいないんだ？

訳がわからなかった。この男は暗殺者ではなかったのか？　サミエル・ポーはまだテレビ局にいる。

安積は、ふと警察官と男が揉み合った路上を見た。そこに、ニッパーとドライバーが落ちていた。男のポケットから転がったようだ。そして、そのニッパーには赤と青の細いリード線が絡まっていた。

たちまち安積の背筋に悪寒が走った。

安積は携帯を取り出し、本多課長を呼び出した。

「何だ？　こっちは取り込み中だ。後にしろ」

本多課長は怒鳴ったが、安積は構わず怒鳴り返した。

「爆弾です。どこかに爆弾が仕掛けられています。サミエル・ポーが移動する経路のどこかにあるはずです」

「何だと？　今度は爆弾騒ぎか……」

「とにかく、今すぐ探してください。サミエル・ポーやテレビ局の人間を殺したくなければ、すぐに」

それだけ言って安積は電話を切った。

速水が路上のニッパーやリード線を見下ろして言った。

「なるほど。爆弾処理なら警備部に任せるしかないな」

安積は言った。

「これで、本当に私たちの仕事は終わった」

爆弾は、サミエル・ポーの車の下から発見された。厳しい警備の中、どうやって仕掛けたかはまったくの謎だが、とにかく犯人はやってのけたのだ。おそらく、事前にテレビ局に忍び込んでいたのだろう。

サミエル・ポーが無事にテレビ局を後にしてしばらくすると、その謎の一部が解けた。

テレビ局裏手の物陰からガムテープでがんじがらめに縛られ、口をふさがれた男が発見されたのだ。その男は美術のスタッフで、入館証が盗まれていた。

犯人は、その入館証を利用して事前にテレビ局に侵入したのだ。パスの顔写真と本人の顔が多少違っていてもあまり気にする人はいない。パスを持っているかどうかが重要なのだ。

安積はすべてが終わったテレビ局の玄関でたたずんでいた。いまだに、警備本部に顔を出す気にはなれなかった。すでに本部は片づけ終わっているかもしれない。

まず、村雨・桜井組がやってきて、不思議そうに安積を見つめた。ほどなく、そこへ須田・黒木組もやってきた。すでに、速水はどこかへ消えていた。

部下たちにねぎらいの言葉の一つもかけてやらねばな……。そう思いながら、安積は黙っていた。機動隊員たちが車に乗り込み、次々と引き上げていく。緊急逮捕した犯人の名前もまだ知らない。犯人の身柄《みがら》は水上署に運ばれたのだ。

「さて、引き上げるか」

安積が部下たちに言ったとき、背後から声を掛けられた。

本庁の本多課長と、方面本部の管理官が近づいてきた。声を掛けたのは管理官のほうだった。

本多課長は、安積を見つめていたが何も言わない。少なくとも、一言も非難はしなかった。彼は、眼をそらすと安積の脇を通り過ぎ警備課のグレーのバンに向かった。

方面本部の管理官が、いたずらっ子のような顔でほほえみ掛け、安積の肩をぽんと叩《たた》いた。

安積は、それだけで報われたような気がした。

安積は、彼らに背を向けて歩きはじめた。須田、村雨、黒木、桜井がそれに続いた。

「あれ」

須田が言った。「潮の香りがしませんか?」

そうなのだ。時折、それを感じることがある。この瞬間が、私は好きなのだ。安積はそう思いながら、暮れはじめた空に向かって顔を上げ、胸を張った。

被害者

1

今日は面倒な事件が起きなければいいが。

安積《あずみ》警部補は、朝から神に祈る気分だった。

もちろん、事件が起きない日はない。何かしら小さな事件は毎日起きている。だが、大きな事件でなければ部下に任せることもできる。

今日は、娘の涼子《りょうこ》と食事をする約束をしている。離婚してから、できるだけ会うようにはしているが、それでも二ヶ月に一度がせいぜいだ。

涼子は大学に通っている。養育はほとんど別れた妻に任せきりだった。その負い目がある。思春期の微妙な時期にも父親としての役目を果たしてやれなかった。よくグレもせずに育ってくれたものだと思う。

娘は台場にやってくるという。

東京湾臨海署ができた当初は、台場で食事をするなど考えられないことだった。ここはただの埋め立て地で、目立つ建物といえば船の科学館くらいしかなかった。

今は事情が違う。放送局が移転してきて、テーマパークができた。それから台場は急速に発展し、今ではすっかり若者が集まる街になっていた。

涼子は、ヴィーナスフォートというショッピングモール内にあるイタリア料理店を予約したと言っていた。ヴィーナスフォートまでなら、青海《あおみ》二丁目にある東京湾臨海署からゆりかもめで一駅、歩いても十五分ほどだ。

午前中は平穏だった。部下たちは溜《た》まっている書類仕事に精を出していた。このまま一日が終わってほしい。

だが、その願いは叶《かな》わぬことが、午後二時過ぎに明らかになった。

共通系の周波数での無線が入った。発信元は通信司令センター。村雨秋彦《むらさめあきひこ》部長刑事がすぐに席を立って応答した。東京湾臨海署管内で、発砲事件があったという。

すでに黒木和也《くろきかずや》は、椅子《いす》にかけていた背広を手に、出かける準備を始めていた。須田三郎《すださぶろう》部長刑事は、まだ椅子に座ったまま、安積の指示を待っていた。桜井太一郎《さくらいたいちろう》は、村雨の行動に従おうとしているようだ。

「行こう」

安積は言った。「全員、銃を携行しろ。私も行く」

黒木が颯爽《さっそう》と部屋を出ていく。その後を須田がよたよたと追った。桜井は、決して村雨を追い抜かなかった。

村雨は落ち着いている。いつもの四人だった。強行犯係の部下たちだ。

安積は、最後に刑事部屋《デカベヤ》を出た。

現場は、ヴィーナスフォートと同じ通りに面して建つライブハウスの前だった。地域課の巡査部長を捕《つか》まえて様子を尋ねた。

「ここで一発ぶっぱなしてね」

小野田《おのだ》という名の巡査部長は、表通りの歩道を指差した。それから、隣の遊戯施設のビルの出入り口を見た。「あっちに駆けて行った。あのビルは一階と二階が駐車場になっていて、二人は一階にいるらしい。その後、銃声は聞いていない」

「二人？」

「銃を持った中年男が、若い男を追って行ったんだそうだ。若い男は、このライブハウスの前でダフ屋をやっていたらしい」

「暴力団同士の抗争か？」

「そうかもしれない。最近、この界隈《かいわい》に新橋《しんばし》あたりの組が進出してきて、江東区を根城にするやつらと縄張り争いをやっているらしいからな……」

「駐車場はどうなっている？」

「封鎖して様子を見ている。車を預けている若い連中がぶうぶう言っているよ」

「地域課に任せるよ」

「損な役回りだな」

「銃を持った犯人を説得に行くか？」

「地域課でよかったという気分になってきた」

駐車場の前では、地域課の連中が野次馬や報道陣を整理し、警備課が周囲を固めていた。警備課長が来ている。やる気まんまんらしい。

安積は警備課長の下沢義次《しもざわよしつぐ》に近づいた。

「銃を持った中年男が、若い男を追って行ったのですね?」

下沢課長は、安積を一瞥《いちべつ》してからすぐに駐車場のほうに眼を戻した。

「ハンチョウ、こりゃ、長期戦になるかもしれんぞ。今、機動隊がこっちに向かっている。品川の第六機動隊だ。精鋭だぞ」

「その後、発砲はないんですね?」

「ああ。路上で撃った一発だけだ」

「地域課では、暴力団同士の抗争かもしれないと言っていましたが……」

下沢課長はかぶりを振った。

「わからん。まだ、何もわからんのだ」

そこに、警備課の伝令がやってきた。

「課長、本庁《ホンブ》から捜査一課が行くまで手を出すなと言ってきてます」

下沢は安積を見た。

「……ということだが、どう思う?」

「騒ぎを大きくするだけかもしれませんね。駐車場の中と連絡を取る方法はないんですか？」

「管理人室の電話を鳴らし続けているが、誰も出ない」

安積はうなずき、下沢のそばを離れた。

四人の部下が安積の顔を見つめている。指示を待っているのだ。安積は村雨に尋ねた。

「どう思う？」

「銃声が聞こえないというのが、逆に気になりますね」

「そうだな」

安積は、須田を見た。須田は、必要以上に深刻な顔つきをしている。こういうときは、そういう表情でいなければならないと決めているのだろう。

「須田、おまえはどう思う？」

「いずれにしろ、中の様子を見ないことには……」

村雨が言った。

「本庁の到着を待たずに動くと、後で面倒だぞ」

「情報収集だよ。本庁の連中だって、到着したらどんな状況か詳しく知りたがるだろう？」

下沢警備課長は、長期戦になるかもしれないと言っていた。そうなると、涼子との食事に行けないということになる。今日だめになったら、今度いつ会えるかわからない。

これまで何度、同じことを繰り返してきただろう。約束してはそれが果たせない。涼子を何度も失望させたのだ。仕事のために子供を犠牲にしてきた。

「わかった」

安積は言った。「とにかく、中の様子を見に行く」

須田が驚いた顔で言った。

「チョウさんも行くんですか」

「おまえたちだけに任せてはおけないよ」

「私たちだけで充分ですよ」

村雨が言った。犯人を説得するはめになったら、村雨にそれができるだろうか。安積は想像した。杓子定規《しゃくしじょうぎ》な物言いで犯人を逆上させるかもしれない。いや、それは考え過ぎか……。

「おまえは、目撃情報をもとに、犯人と、追われていた若い男の身元の割り出しをやってくれ。急げ」

「わかりました」

村雨は、こういう場合、ぐずぐずと抗議したりはしない。言われたことを間違いなくこなす。堅苦しい性格は鼻につくが、頼りにはなる。

安積は、様子を見に行くと下沢に告げた。

下沢は、安積を見つめて言った。

「あんたのことだ。やめろと言っても聞くまいな」

「聞きません」

下沢課長は溜め息をついた。

「わかった。チョッキを着てくれ。それと、ユーダブを持って行け」

チョッキとは防弾チョッキ、ユーダブはUW-201無線機だ。安積、須田、黒木の三人は背広の上から防弾チョッキを着け、小型の無線機を持った。

「何かあったら、そっちから呼びかけてくれ」

下沢課長が言った。「こっちからは、決して送信しない」

「わかりました」

安積は、深呼吸してから駐車場に向かった。無意識のうちに時計を見ている。涼子との約束は七時。まだ三時前だ。時間はたっぷりある。

駐車場内の管理人や一般人はすべて避難している。安積は壁づたいに進んだ。駐車場内は静まりかえっている。無機質なコンクリートの打ちっ放しの世界。

車のための施設は、人が歩くにはひどく不便だ。

人の声が聞こえた。安積は握った拳銃の重さを意識した。安積はすぐ後ろにいた須田に小声で命じた。

「聞こえたか?」

「ええ」

「黒木を連れて、向こう側から回り込め」

「はい」

ことさらに真剣な表情で、須田はうなずきよたよたと進んでいく。後に続く黒木のほうがよっぽどこういう仕事には向いている。豹《ひょう》が獲物を狙っているようだと、黒木の後ろ姿を見て思った。

人の声がまた聞こえる。

少なくとも、興奮しているようには聞こえない。安積は、さらにその声のほうに近づいた。駐車場は、遮蔽《しゃへい》物がたくさんあり、近づくのは比較的楽だった。

安積は姿勢を低くして音を立てずに進んだ。最後に銃撃戦を経験したのはいつのことだろうか。心臓が高鳴る。

赤いクーペの陰から様子をうかがうと、二人の男が見えた。一人は、太いコンクリートの柱を背に座り込んでいる。若いほうだ。黒いジャケットに黒いズボン。赤いシャツを着ており、髪を短く刈っている。

それを見下ろすように、ジャンパー姿の男が立っていた。

安積は通路を挟んだ向こう側の車の列の後ろに須田がいるのに気づいた。黒木は別の場所に移動したのだろう。

ジャンパー姿の男が拳銃を手にしているのが見えた。リボルバーだ。座り込んでいる若い男に銃を突きつけている。

須田が安積のほうを見ていた。安積はうなずいた。

大きく息を吸ってから、安積は言った。

「警察だ。銃を捨てるんだ」

その瞬間に、須田と黒木が立ち上がって男に拳銃を向けていた。

黒木はまったく予期しない場所に現れた。男たちのすぐ近くだった。彼らにまったく気づかれずに近づいたのだ。本当に豹のようなやつだ。

ジャンパー姿の男が振り返った。乱れた髪に白髪が混じっている。無精ひげが生えており、そのひげも半分ほどが白くなっていた。眼がくぼんでおり、その周囲に皺《しわ》が刻まれている。人生に疲れた中年男の姿だ。

彼は、安積を見、それから須田と黒木を順に見た。

表情に変化がない。妙だ。警察に囲まれたら取り乱すのが普通だ。中年男は落ち着き払っていた。

危険な兆候かもしれない。

安積はもう一度言った。

「銃を捨てろ。ここは包囲されている」

中年男は、のろのろと視線を座り込んでいる若者に戻した。須田が不安げに安積を見ている。黒木は、まっすぐに中年男を見つめていた。

やがて、中年男の右手が動いた。

安積は、引き金にかけた指に力を込めた。シリンダーがわずかに動く。

重い金属音が駐車場内に響いた。

男が銃を捨てたのだ。黒木が飛び出した。男に飛びつき、後ろ手に腕を捻《ひね》り上げる。須田がよたよたと駆け寄り、手錠をかけた。

安積は、大きく息をついていた。

拳銃を握っていた手に汗をかいているのに気づく。手をズボンで拭《ぬぐ》うと、時計を見て無線機のトークボタンを押した。

「三時七分。犯人の身柄確保。繰り返す。犯人の身柄確保」

安積たちが犯人を連れて駐車場を出ると、臨海署の警備課の連中が歓声を上げた。到着したばかりの第六機動隊一個小隊は、手持ち無沙汰《ぶさた》の様子で立ち尽くし、やがて、ジュラルミンの楯《たて》をかかえて灰色のバスに戻っていった。

捜査一課の係員たちが駆けつけ、すでに犯人を検挙したと聞くと、係長が安積に詰め寄った。

「どうして、指示を守らなかった。私たちが現場到着《ゲンチャク》するまで待機しろと言ったはずだ」

初めて見る男だ。おそらく最近の異動で係長になったのだろう。入れ込んでいるのだ。

安積はこたえた。

「現場の様子を見るために近づくと、すでに男は被害者に銃を突きつけており、いつ引き金を引くかわからない状況でした。一刻も猶予ならなかったのです。それで、制圧しました」

　捜査一課の係長は、いまいましげに鼻を鳴らした。

「検挙できたからいいようなものの、一歩間違えれば取り返しがつかなくなるところだ」

「ぐずぐずしていたら、かえって危険でした」

「今後はこのようなことは許さんぞ」

　同じ係長でも、警視庁の場合は警部、所轄では警部補だ。階級が違う。だが、安積は相手の高圧的な言い方が我慢ならなかった。

「犯人は銃を持っていました。一刻も早い対応が必要だったのです。所轄の捜査員が検挙したことが気に入らないのなら、もっと早く来ればいい」

　捜査一課の係長は、しげしげと安積を見つめた。

「名前を聞いておこうか？」

「強行犯係の安積です」

「ベイエリア分署の安積か……。噂《うわさ》は聞いてる」

　鼻白んだ様子だった。係員たちが周りで見ている。

　彼は、何か気の利いた捨て台詞《ぜりふ》を考えているようだ。だが、思いつかなかったらしい。

「啖呵《たんか》を切ったからには後のことはきっちり処理しろ。引き揚げるぞ」

　捜査一課の面々は、その場を去って行った。あの係長は何が気に入らないのだろう。犯人は検挙された。追われていた若者も怪我《けが》はしていない。スピード解決を喜んでもよさそうなものだ。

おそらくヒーローになり損ねたのがおもしろくないのだろう。警察官にもいろいろなやつがいる。

2

犯人と被害者の身柄は、東京湾臨海署に運ばれた。ここは、ベイエリア分署などと呼ばれることもある。

安積が犯人の取り調べに行こうとしていると、村雨が近づいてきて言った。

「身元がわかりました。前科《マエ》があります」

「犯人に前科？」

「いや、犯人じゃなく、被害者のほうに……」

「被害者のほうに……？」

「六年前の事案です。少年犯罪でして……。名前は、高野哲雄《たかのてつお》。強姦《ごうかん》並びに傷害致死でくらっています。当時、高野は十七歳でした」

「強姦に傷害致死？」

「北区で起きた事件です。少年三人組が、帰宅途中の女子大生を車で誘拐、車内で乱暴しました。被害者は、走行中の車から逃げ出し、その際の頭蓋骨《ずがいこつ》骨折が原因で死亡しました。

高野はその事案の主犯格でした」

「その事件は覚えている。そうか。すでに釈放されていたのだな」

「少年事件で、しかも殺人ではなく、傷害致死でしたから。たしか、高野の判決は、五年でした」

「少年の有期刑については、三年で仮出獄が許される」

村雨はうなずいた。

「少年法五八条です」

そうだったかな。村雨が言うのだから間違いないだろう。

「高野はどうしてる?」

「取調室で須田が話を聞いています」

安積は、先にそちらの様子を見ることにした。拳銃を撃った犯人は拘束できるが、被害者である高野哲雄をいつまでも署に置いておくことはできない。

取調室に行くと、黒木が記録席におり、須田が机をはさんで高野哲雄と向かい合っていた。

安積が引き戸を開けると、須田が振り返った。

「あ、チョウさん……」

「どんな具合だ?」

「何でも、突然あの男が近づいてきて、殺してやると言ったんだそうです。頭がおかしいのかと思い、追い払おうとしたら、突然相手は銃を抜いて地面に向けて発砲したと……。

それで、彼は逃げ出し、相手は追ってきた……。そういうことらしいです」

安積は立ったまま、高野哲雄を見た。椅子にもたれて、ふてぶてしい態度だった。安積は尋ねた。

「相手の男に見覚えはありますか？」

高野哲雄は面倒くさげにこたえた。

「ないね」

「確かですね？」

「ないよ」

「あなた、あのとき、あそこで何をしていたのです？」

「何って別に……」

黒木が書いた記録をのぞくと、職業は無職となっていた。括弧《かっこ》してフリーターと書いてある。本人がそう言ったのだろう。

「ダフ屋をやっていたという情報があるのですが……」

安積が言うと、高野哲雄はむっとした顔つきになった。

「俺が何やってようと関係ないだろう。俺は被害者なんだぜ」

安積はうなずいた。

「たしかに、今回あなたは被害者です。銃を突きつけられ、脅された。だが、そういう目にあった原因があるはずです」

「知らねえよ。あいつ、頭がおかしいんじゃねえの?」

「駐車場の中で、犯人とどんな話をしました?」

「話なんてしてねえよ」

「私は、あのときたしかに話し声を聞きました。犯人はあなたに何を言ったんです?」

「これ以上何か聞きたいんなら、弁護士を呼んでくれよ。冗談じゃねえよ。これじゃ犯罪者扱いじゃねえか。もう一度言うけどよ。俺は被害者なんだ」

「本当に相手が誰か知らないのですね?」

高野哲雄はふてくされたようにそっぽを向いた。だが、たしかに落ち着きをなくしている。

「知らないって言ってんだろう。俺はもう帰るぜ」

高野哲雄は立ち上がった。だが、誰も何も言わないので、どうしていいかわからなくなった様子だった。

須田が安積を見ていた。安積はうなずいた。須田が高野に言った。

「どうもご協力ありがとうございました」

高野は、安積を睨《にら》みつけ出入り口に向かった。

安積は、いったん席に戻ると村雨に言った。

「高野のかつての事件を詳しく調べてくれないか? 被害者の名前とか、仲間の名前を知りたい」

村雨はにこりともせずに、紙の束を差し出した。

「すでに調べてあります。被害者の名は、藤崎聡美《ふじさきさとみ》です」

安積は、うなずいて書類を受け取った。手回しはいいが、態度にかわいげがない。これくらいのことは当然だという顔つきだ。指示が遅いと言いたげだ。いや、それはやはり考えすぎか。

村雨はただ優秀なだけなのだ。ただそれだけだ……。

事件のあらましを読んで、暗澹《あんたん》とした気分になった。被害者と高野たちのグループは過去に何の関わりもなかった。

高野たちは、獲物を求めて車で徘徊《はいかい》していた。藤崎聡美はただ単に若い女性だという理由で餌食《えじき》となったのだ。

高野は裁判で一貫して殺意を否定していた。藤崎が勝手に車から飛び降りたのだと主張した。たしかに、飛び降りずにいれば藤崎聡美はまだ生きていたかもしれない。

安積は、書類に眼を通し終わると、村雨に言った。

「被疑者の取り調べをやる。付き合ってくれ」

村雨は、うなずき、桜井に目配せした。桜井に記録係をやらせようというのだ。安積は何も言わなかった。部長刑事と係員がコンビを組む。その二人のことは彼らに任せることにしている。須田と黒木のことを彼ら自身に任せているのと同じだ。

少なくとも、同じに扱っていると思いたい。

犯人の中年男は、背を伸ばして正面を見つめていた。監視していた制服警官と入れ替わりに安積たち三人が取調室に入った。男は、落ち着いている。被害者の高野とは対照的に見える。

安積が正面に座り、村雨が脇《わき》に座る。桜井は記録席で準備を整えていた。

「あなたは、銃刀法違反並びに殺人未遂の現行犯で逮捕されました」

安積は言った。「おわかりですね?」

相手はこたえない。正面のやや上方を見つめているだけだ。

「名前は?」

やはり相手はこたえない。

安積は思わず時計を見た。まだ四時前だ。涼子との約束は、七時だから、まだたっぷり時間がある。

「黙秘されるのですか? けっこうです。それは認められた権利です。しかし、決して得にはなりません。あなたは現行犯で逮捕されたのです。罪を逃れることはできません」

かすかに、男の眼に変化が現れた。感情の動きがあった。それは怒りのように見えた。

「名前を言ってください」

男は、安積を見た。確かにその眼には怒りが宿っている。この男は何に対して怒っているのだろう。

風采《ふうさい》の上がらない中年男だ。袖《そで》のあたりが垢《あか》じみたみすぼらしいジャンパー。無精ひげに乱れた髪。落ちくぼんだ眼。にもかかわらず、この男は毅然《きぜん》として見える。それはなぜだろう。

「高野哲雄はダフ屋をやっていた。おそらく暴力団の手先だろう」

村雨が言った。「これは暴力団同士の抗争事件なのか?」

明らかにそうではなさそうだ。それは村雨にもわかっているはずだ。村雨は男を挑発してしゃべらせようとしているのだ。

だが、男はその挑発にも乗らなかった。安積はもう一度言った。

「あなたを何と呼んでいいのかわからない。名前だけでも教えてください」

男は大きく一呼吸ついた。

それからようやく口を開いた。

「藤崎洋一《よういち》」

安積は、その名前を聞いた瞬間、出来事のあらましを悟った。

藤崎。高野たちが六年前に起こした事件の被害者、藤崎聡美の縁者に違いない。おそらくは父親だろう。

村雨も気づいたはずだ。だが、彼も安積同様それを表に現さなかった。尋問する刑事の心得だ。

「洋一はどう書くのです?」

「太平洋の洋に数字の一」

藤崎洋一は淡々としゃべった。

「あなたは、拳銃を持ってあのライブハウスの前にやってきた。そして、地面に向けて発砲した。間違いありませんね？」

安積は尋ねた。

だが、藤崎洋一は、また口を閉ざしてしまった。

「あなたは、その後、高野哲雄を追って隣のビルの駐車場まで行った。そこで、何をしようとしたのですか？」

こたえはない。

「何があったのか、詳しく教えてください。なぜ、あなたは拳銃を持ってあそこに行ったのです？　拳銃はどこから手に入れたのです？」

藤崎は、また安積から眼をそらし、正面のやや上方を見つめているだけだった。それからは何を尋ねても、口を開こうとしなかった。

進展のないまま、一時間が過ぎた。午後五時になった。

安積は粘り強く藤崎の口から、何が起きたのかを聞き出そうとした。彼が自発的に話したことでなければ、供述としての法的効力はない。

さらに三十分が過ぎた。安積はちらりと時計を見た。約束の時間まであと一時間半。まあ、いい。取り調べの続きは明日でもできる。

今日はそろそろ切り上げようか。安積は村雨にそう言おうとした。そのとき、唐突に藤崎洋一が言った。

「法は間違っている」

安積は、無言で藤崎を見た。藤崎がまっすぐに安積を見返した。

「法が正義を行わないのならば、誰がそれをやればいいのだ?」

安積は慎重にこたえた。

「私は、法に則《のっと》って正義を行っているつもりです」

「では、なぜ、あんな男を野放しにしているのだ?」

「誰のことを言っているのです?」

「あいつだ。高野哲雄だ」

「あなたは以前から高野哲雄のことをご存じだったのですね?」

「知り合いではない。だが、知っていた」

安積はさらに慎重になって言った。

「藤崎聡美という名前をご存じですか?」

「知っている。私の娘だ。いや、娘だった」

安積はうなずいた。

「高野哲雄をはじめとするグループに乱暴され、逃走しようとして車から飛び降り死亡された。そうですね」

「殺されたんだ」

　安積はまたうなずいた。

「だから、あなたは高野哲雄を殺そうとしたわけですか？」

「そうするしかなかった」

　藤崎洋一の顔に苦痛の表情が浮かんだ。「そうするしかなかったんだ。法が犯罪者をちゃんと罰してくれない。ならば、遺族がそれをやらなければならない」

「復讐《ふくしゅう》ですか？」

「単なる復讐ではない。法がやらないことを代わりにやるだけだ。でなければ、被害者は浮かばれない。あの事件以来、私は人権という言葉が大嫌いになった。人権という言葉は、犯罪者に対してのみ使われているように感じられるのだ。被害者や遺族の人権は顧みられていない。特に、犯人が少年の場合はそうだ。少年だからといって、好き勝手が許されるはずがない」

　たしかに、安積たち刑事も、少年法をうとましく思う一面がある。すべてを家裁に送致しなければならない。そのために、充分な捜査ができないことがある。

　地検に逆送されても、すでにそのときには、証拠が消え去っていることも少なくないのだ。そして、刑事の感覚からすると、少年に対する量刑はおそろしく少ない。

「娘にどんな罪がある？　娘が犯され殺される理由がどこにあるというんだ？　聡美は、大学を出たら福祉関係の仕事に就きたいと言っていた。社会の役に立ちたいと言っていたのだ。それを、社会に害を成すだけのあの連中に殺されたのだ」

「たしかに法は万能ではありません。しかし、だからといって無視していいわけではありません」

「娘を殺しておいて、あいつはたった三年で仮釈放された。たった三年だぞ。人を殺したら、死刑にすればいい。それが刑法の精神のはずだ」

「ならば、あなたも死刑になるつもりだったのですか?」

「もちろんだ。生きていても仕方がない。あいつを殺して、私も死ぬつもりだった。一人娘を失った気持ちは、失った本人にしかわからんよ。いいか? 審理の最中、私たちは何一つ知ることができなかった。家庭裁判所の審理は非公開だと言われた。その間の私たちの苦しみがわかるか? 口惜しさがわかるか?」

今、藤崎洋一は話したがっている。しゃべるだけしゃべらせたほうがいい。

これで、取り調べを打ち切ることができなくなった。これから、彼がどれくらい話し続けるかわからない。だが、すべてを聞かなければならなかった。

それから、藤崎は、娘を失ったことの悲しさ、口惜しさ、そして高野に対する憎しみ、法に対する怒りを話し続けた。眼が血走っているが、決して冷静さを失っていない。

短絡的な人間でないことはすぐにわかった。彼は、かつては一流会社に勤めていたという。六年前の事件をきっかけに仕事が手に着かなくなり、やがて、会社を辞めた。それからは妻ともうまくいかなくなった。互いに力を合わせなければならないことを知りながら、それができなかったという。

家庭も崩壊した。被害者とその遺族は、計り知れない痛手を負うのだ。普通それは報道されない。

六時を過ぎた。安積は、時間を気にするのをやめようと思った。藤崎に対する後ろめたさがあった。

娘を亡くし、それをきっかけに何もかも無くした男を前に、娘との食事の約束を気にしている。それが申し訳ないような気がしていた。

あるとき、藤崎は高野哲雄が仮釈放されたことを知った。当時世話になった弁護士が内密に教えてくれたのだ。

生活の目標を失っていた藤崎洋一は、高野を探した。そして、彼を密《ひそ》かに監視することにしたのだという。何のために監視するのか自分でもわからなかった。だが、そうせずにはいられなかった。

もし、高野哲雄が本当に更生しているのなら、そのままそっとしておこうと思った。怨《うら》みは消えない。だが、社会に復帰しようと努力しているのなら、それを認めなければならないと思っていた。

高野の秘密の監視は二年に及んだ。それが、彼の刑期の終了する時期だからだ。高野は定職に就くわけでもなくぶらぶらしていたが、二年間はおとなしくしていた。

だが、今年になって、暴力団員と付き合いはじめたという。

「少年の健全な育成……」

藤崎は言った。「それが少年法なんだそうだね」

安積はうなずいた。

「そうです」

「冗談じゃない。昔は同情すべき非行少年もいたのかもしれない。貧しさのために非行に走る者もいただろう。だが今はそうじゃない。非行の質が違う。少年犯罪者のうち、更生するのはほんの一握りだよ」

それは、安積も知っていた。少年犯罪者の再犯率が急速に上がっている。つまり、彼らは更生しないのだ。

藤崎はさらに言った。

「健全に育つ少年とそうでない少年がはっきり分かれている。それが現代だ。健全に育っている少年が少年法で守られる必要はない。そして、犯罪を繰り返す異常性格の少年を少年法で守る必要はない。すでに、少年法など役立たずの法なのだ。社会の実状に合っていない」

「そうとも言い切れません」

「たしかに、一部にはちゃんと更生する者もいるだろう。だが、そうでない少年犯罪者がたくさんいるのだ。それを同じに扱うのはおかしい」

「だから、少年法は改正されました」

「私たちに言わせれば、あんなものは改正でも何でもない。少年法など撤廃すればいいのだ。大人と同じ刑法で裁けばいい。でなければ、私のような者がこれからも続出することになる。法が処罰してくれないのなら、自分自身の手で処罰するしかない。そう考える遺族が後から後から現れる」

「拳銃はどこで手に入れたのですか？」

「新宿を歩き回ってつてを探した。ある男から手に入れた。名前は知らない。日本人かどうかも知らない。これは本当だ」

「だが、やはりあなたはやり過ぎた。高野が暴力団と付き合っているからといって……」

藤崎洋一の眼が怒りに光った。

「ただそれだけなら、私だってあんな真似《まね》はしない。やつは、また同じことを繰り返しているんだ」

安積は一瞬、言葉を呑《の》み込んだ。

「それはどういう意味です？」

「あいつはまた、女を襲いはじめた」

藤崎洋一は吐き捨てるように言った。

「それは確かなのですか？」

「少なくとも、私は被害者を二人知っている」

「警察に知らせなかったのですか？」

「知らせた。だが、警察ではおざなりな捜査をしただけだ。被害者が訴えなかった。強姦は親告罪だから、これ以上は手が出せない。警察ではそう言った。おそらく、高野は暴力団の名前を出して、女たちに脅しをかけたのだろう」

「どこの署です?」

藤崎洋一は、東京の繁華街を管轄に持つマンモス署の名前を言った。

「それは、調べてみなければなりませんね」

「あんたが?」

「そうです。警察官ですからね」

「管轄が違う」

「あなたと高野の事件に関することです。我々の事案ですよ」

藤崎洋一は、かぶりを振った。

「私はもう信用できない。法も警察も」

そのとき村雨が言った。

「この人は調べると言ったら、本当に徹底的に調べるのですよ」

藤崎洋一は、不思議そうに村雨を見、それから安積を見た。

「本当に私が言ったことを信じて、調べると言うのか」

安積はうなずいた。

「当然です」

「そんな必要はないはずだ。私の罪とは関係ない」

「関係はあります。あなたの動機に関することです」

「高野を逮捕するのか？」

「あなたの話が本当ならば、逮捕します」

「まさか……」

「言ったでしょう。私は法に則り正義を行っているつもりだと」

藤崎洋一は、信じられぬものを見る眼つきでしばらく安積を見つめていた。どれくらいそうしていただろう。やがて、彼はがっくりと肩の力を抜いてうつむいた。

「撃てなかった」

彼は言った。「高野を殺すつもりであそこへ行った。だが、いざとなると、どうしても引き金を引けなかった……」

安積は振り返り、桜井に言った。

「今の言葉をしっかりと記録しておけ」

村雨が落ち着かない様子で、安積に目配せをした。外へ出ようと言っているようだ。

安積は立ち上がり、村雨とともに廊下に出た。

「何だ？」

安積は尋ねた。

「七時過ぎてますよ」

「何だって？」

「お嬢さんと食事の時間でしょう？」

安積は驚いた。

「どうしてそんなことを知ってるんだ？」

「須田が言ってました。係長が電話で話しているのを聞いていたそうです」

油断のならない部下たちだ。

「まだ取り調べの途中だ」

「あとは、私に任せてください」

「高野の件もある」

村雨は、すべて心得ているというふうにうなずいた。

「手配しておきます。藤崎洋一が知っているという被害者を当たってみます」

「被害者は傷つき、怯《おび》えているだろう」

「須田にやらせますよ。あいつなら、何とかします。さ、お嬢さん、待ってますよ」

安積は迷った。このまま部下に任せていいものだろうか。さらに、藤崎洋一に申し訳ないような気がした。彼の話を聞いた後ではどうしてもそう思ってしまう。だが、今日を逃すと、今度いつ涼子に会えるかわからない。

安積は、村雨の言葉に従うことにした。

「すまんな。食事が終わり次第戻ってくる」

「ゆっくりしてきてください。どうせ、今夜は遅くなりそうだ」

こいつらは、まったく……。

安積はそう思いながら、取調室を離れた。

3

涼子は、すでに席で待っていた。瀟洒《しょうしゃ》なレストランだ。だが、赤を中心としたインテリアや壁紙が眼にちかちかして落ち着かない。

「すまん。遅くなった。待たせたな」

「来られないかと思った」

涼子は言った。「発砲事件があったんでしょう? テレビのニュースで見たわ」

「何とか抜け出してきた」

「無理しなくていいのに」

無理をしたいんだ。安積はそう思ったが、口には出さなかった。

ウエイトレスがメニューを持ってくる。涼子は食前酒を飲んでいた。いつの間にか酒を飲むようになっている。何だか信じられないような気がする。

「ミネラルウォーターを……」

安積はウエイトレスにそう言った。

「あたしはワインを頼んでいい?」

涼子が言う。

「いける口なのか?」

「まあね」

涼子は、赤のハウスワインのデカンタを注文した。

料理は涼子に任せた。腹は減っていない。体がまだ食事をする態勢になっていないのだ。涼子は、パスタとカルパッチョだか何だかを注文し、メインディッシュに魚を選んだ。安積は子牛の何たらかんたらを注文した。

ほとんど、涼子がしゃべるのに任せた。レストランでの会話など苦手だ。安積の無口を娘が救ってくれる。

大学のこと、家庭のこと、最近のテレビ番組のこと、コンピュータを買った話……。

料理が来て、涼子の話が一段落したときに、安積が尋ねた。

「母さんは元気か?」

「元気よ。でも忙しくてね」

かつては、親子三人で食事をしたものだ。だが、このところ母親は来られないことが多い。新たな人生の伴侶《はんりょ》を見つけてもおかしくはない。その点については尋ねたくなかった。

涼子はよく話し、よく食べ、よく飲んだ。ご機嫌な様子だ。楽しい時間は早く過ぎていく。あっという間に二時間が過ぎていた。

涼子はデザートを注文した。安積はコーヒーをもらった。藤崎洋一のことを思い出していた。

彼はもう、こうして娘と食事をすることもできない。

もし、涼子が藤崎聡美と同じ目にあったら、私はどうするだろう。安積は思った。藤崎洋一と同じことをするかもしれない。少なくともそういう衝動に駆られるだろう。

少年犯罪は増加の一途だ。彼らは、刹那《せつな》的に罪を犯す。涼子がその毒牙《どくが》にかからないという保証はない。こうして涼子に会うと、藤崎洋一の怒りと悲しみが切実にわかる。

涼子を大切に思う。だが、その思いほどに面倒を見てやったことはない。その負い目を感じている。

それを伝えなければならないと思った。だが、どう切り出していいかわからない。安積は、涼子がデザートを食べ終わる様子を黙って見ていた。

やがて、涼子が時計を見た。

「もう九時を過ぎてる。お父さん、戻るんでしょう」

「ああ」

「急がなきゃ。行きましょうか」

「ちょっと待ってくれ」

安積は残っていたコーヒーを口に含んだ。苦みが口に広がる。それを飲み込んだ。

「言っておきたいことがある」

「なあに」

「私は父親失格だ。子育ての苦労を全部母さんに任せてしまった。父親らしいことをほとんどやってやれなかった。だが、おまえのことは大切に思っている。それだけはわかってくれ」

涼子の表情が変わった。真剣な顔つきになった。腹を立てたようにも見える。

私の勝手な言い分に腹を立てたのだろうか。安積は思った。それも当然だが……。

涼子が安積を見据えて言った。

「お父さん。言っておきますけどね」

「ああ」

「あたし、お父さんのこと、父親失格だなんて思ったことないからね」

安積は、黙って涼子を見ていた。

「あたしね、思うのよね。父親の役割って何だろうって。いっしょに暮らしていたって、父親の役割を果たしていない人はたくさんいる」

「そうかな……」

「子供を遊園地に連れて行ったり、旅行に連れて行ったりするのは大切かもしれない。でも、もっと大切な父親の役割ってあると思う。それを最近の父親は果たしていない」

「何だ、それは」

「生き様を見せること」

「生き様だって?」

「誰かが言ってた。子供は父親の背中を見て育つんだって。お父さんは、あたしに確かな生き様を見せてくれた。一番大切な父親の役割を果たしてくれているんだよ」

安積は驚いた。思わず眼を伏せた。不覚にも鼻の奥がつんとした。

涼子は言った。

「だから、自信を持って」

安積は眼を上げると言った。

「やっぱりだめな父親だ。娘に励まされている」

涼子はほほえんだ。また、鼻の奥がつんとした。

高野哲雄に強姦された被害者の一人が正式に訴えるという知らせを受けたのは、翌日のことだった。やはり須田が説得したのだという。村雨の考えは的を射ていたことになる。

それからほどなく、高野哲雄逮捕の連絡が入った。すでに高野は成人しており、前科もある。余罪も追及されることになるだろう。今度は簡単には娑婆《シャバ》に出てこられないはずだ。

安積は、それを知らせてやりたくて、藤崎洋一を取調室に呼んだ。

藤崎洋一は、相変わらず毅然としている。

安積は、彼と机をはさんで向かい合い、言った。

「高野哲雄の被害者の一人が正式に訴え、高野は逮捕されました」

藤崎洋一は、まっすぐに安積を見ている。彼の口元がきゅっと引き締まった。

「それをお知らせしようと思いまして……」

しばらく沈黙が続いた。

「だが、娘は戻ってこない」

藤崎洋一が重い口を開いた。

安積はうなずいた。

「わかっています」

「あんたが有言実行の人だということはよくわかった。言ったとおり、高野のことを調べ、そして逮捕してくれた」

「それが私の仕事です」

「私は間違ったことをしたと思うかね?」

社会人としては、やってはいけないことをした。だが、父親としての気持ちは間違っていない。

安積はそう思ったが、それを藤崎に伝えることはできなかった。

「法は完全ではありません」

安積は言った。「正義も一つではない。しかし、社会の秩序は守らねばなりません」

藤崎洋一はしばらく安積を無言で見つめていた。やがて、彼はうなずいた。

「そうかもしれん」

「送検の手続きが済みました。検察に引き渡します」

藤崎は、言った。

「高野の件で、私に礼を言ってほしいかね?」

安積はかぶりを振った。

「いいえ」

「そうだろうな。だが、私は礼が言いたい」

藤崎は頭《こうべ》を垂れた。「感謝する」

送検が済み、その日は珍しく夕刻に強行犯係全員が顔をそろえていた。定時に帰宅できそうだ。

安積は、須田の席に近寄り、言った。

「おまえ、私が娘と食事することを、村雨に教えたそうだな」

須田は、教師に悪戯《いたずら》を指摘された小学生のような顔をした。

「すみません、チョウさん。でも、大切なイベントでしょう?」

「だが、仕事とは関係ない」

「怒ってるんですか?」

須田は、ひどく情けない顔になった。安積は溜め息をついた。

「いや。おかげで、娘とゆっくり食事ができた。礼を言おうと思ってな」

村雨は、話が聞こえているはずなのに、知らんぷりで書類仕事をしている。やはり、かわいげがない。

「村雨」

安積は呼びかけた。村雨が顔を上げる。

「おまえにも礼を言う」

村雨は、複雑な表情で何事かつぶやくと、再び書類仕事に戻った。照れているのかもしれない。

今夜は、久しぶりにこいつらと飲みに出かけるのも悪くない。安積は、密かにそんなことを考えていた。

梅雨晴れ

1

その日、署内でちょっとしたいざこざがあった。盗犯係の若い刑事が、鑑識係の石倉進《いしくらすすむ》係長につっかかったらしい。

きっかけはちょっとしたことだった。鑑識の報告が遅いとか、非協力的だとか、その類《たぐい》のことだ。ごく日常的な苦情だ。だが、若い刑事の言い方が悪かったのかもしれない。相手は、刑事課の誰もが一目《いちもく》置くベテランの鑑識係員だ。そして、石倉は強情《ごうじょう》なことに関しては署内でも右に出る者はいない。

誰でも石倉にものを頼むときは、下手《したて》に出なければならないことを知っている。その若い刑事も当然知っていただろう。本当にちょっとした言葉の行き違いだったに違いない。石倉も大人だ。普段なら、多少のことでは目くじらを立てたりはしない。

このところの長雨のせいだと、安積剛志《あずみつよし》警部補は思った。

埋め立て地の青海《あおみ》にある東京湾臨海署は、この季節になるとひどい湿気にすっぽりと包まれる。季節が夏に近づくにつれて海側から湿った風が吹いてくる。その上、連日の雨だ。そのじっとりとした空気は、署員の頭の中にまで入り込んでくるようだ。

雲がたれ込めてレインボーブリッジすら霞《かす》んで見えないこともある。台場あたりは、派手な建物ができて、すっかり景色が変わってしまったが、こうして、しとしとと降り続く雨に包まれ、視界を閉ざされていると、ただの殺風景な埋め立て地だった頃のことを思い出す。

臨海副都心構想を睨《にら》んで新設された東京湾臨海署は、いずれは改装され大規模な警察署になるはずだった。だが、いまだに建物はプレハブに毛の生《は》えたような安普請《やすぶしん》のままだ。都の財源不足が影響している。

人の出入りの多い署の床は常に濡れており、壁も湿っている。ちょっと激しい雨になると、刑事課がある二階は雨漏《あまも》りまでする始末だ。

一日中すえた臭《にお》いが署内に漂《ただよ》う。雑巾《ぞうきん》のような臭いだ。ただでさえ疲れている刑事たちは、いっそう疲労感を募《つの》らせる。勢い口調も荒くなる。

刑事課での怒鳴り合いは、朝から署員たちをいっそう暗い気分にさせた。課長が間に入ってようやく収《おさ》まったようだ。

こういう騒ぎをけっして見逃さないやつがいる。案《あん》の定《じょう》、昼前に制服姿のあいつが、二階にやってきた。

交通機動隊の小隊長、速水《はやみ》警部補だ。こいつは、都内や高速道路だけでは足りずに、署内をパトロールして歩く。

「ハンチョウ。刑事課で何か面白いことがあったそうじゃないか」

安積は速水の顔から眼をそらし、書類を見つめたまま言った。

「俺は知らない」

「石倉のとっつあんを怒らしたバカがいるんだって?」

「知らないと言っているだろう」

顔を上げると、村雨《むらさめ》がこちらを見ているのがわかった。

須田《すだ》はパートナーの黒木和也《くろきかずや》と出かけている。残っているのは村雨と強行犯係で一番若い桜井太一郎《さくらいたいちろう》の二人だ。

村雨がこちらを見たのには、別にたいして意味があるわけではないだろう。だが、安積は、余計なことをしゃべらないかどうかチェックされているような気がした。

安積はまた書類に眼を戻した。忙しいのだと、無言で速水に伝えたかった。だが、速水はこちらの態度を気にするようなやつではない。

「雨のせいだな」

速水は言った。

安積はついに顔を上げて速水をまっすぐに見た。思ったとおりの表情をしている。余裕の笑みを浮かべているのだ。

「そうだ」

安積は言った。「雨のせいだ。みんな苛立《いらだ》っている。だから、刑事たちの気持ちを逆《さか》なでするような真似《まね》はやめろ」

「別にそんなつもりはない。俺は心配してやってきたんだ」

「そういう態度じゃないな。おまえはもめ事を面白がっているだけだ」

速水は表情を変えない。余裕の笑みだ。

「もめ事があったんだな？」

シラを切るつもりが、ついしゃべらされた。刑事が使うテクニックだ。

「もめ事があったにしろ、それは刑事課の問題だ」

「同じベイエリア分署の署員だ」

「違う。おまえは交機隊の隊員だ。東京湾臨海署の人間じゃない。本庁の人間だ」

「おい」

速水は言った。「たしかに、組織上はそうなっている。だが、このベイエリア分署ができて以来、俺はずっとここにいる。同じ署の人間のつもりでいたんだがな……」

「臨海署のことに首を突っ込むな」

速水はしばらく何も言わずに安積を見つめていた。すでに笑みは消え去っていた。

嫌な沈黙だった。雨の音がかすかに聞こえる。

やがて、速水は言った。

「その言い方は傷つくな……」

彼は背を向けると、ゆっくりと歩き去った。本当に傷ついたような後ろ姿だったので、安積は少々驚いた。

言い過ぎたかもしれない。そう思ったがすでに遅かった。

後味が悪かった。

東京湾臨海署の交通課は一階にあり、速水たちはそこで机を並べている。

たしかに、東京湾臨海署ができたときから、速水たちとはいっしょだった。パトカーを都合してもらったことも一度や二度ではない。

所轄のパトカーは、署員百名につき一台の目安だから、東京湾臨海署には二台しかない。よほどのことがない限り、刑事がパトカーなど使えるはずもないのだが、速水のおかげで交機隊のパトカーにしばしば便乗させてもらっていた。

速水がベイエリア分署の仲間であることに疑いはない。

くそっ。安積は、心の中でつぶやいていた。

私も長雨とこの蒸《む》し暑さのせいでそうとうに苛立っているようだ。ワイシャツの襟《えり》と首の間の湿り気を強く意識した。汗と湿気が入り混じっている。

また、村雨と眼があった。村雨はすぐに眼をそらした。

何か言いたいことがあったら言ってくれ。

安積は、そう思った。だが、村雨は何も言わなかった。

午後になり、黒木が一人で戻ってきた。

紺色の背広の肩が雨で濡れている。靴もびしょ濡れだ。靴下まで雨が染《し》み込んでいるのではないかと思った。

だが、黒木は不快感をまったく顔に出さない。たいしたやつだと思いながら、声をかけた。

「須田はどうした?」

黒木は、即座にこたえた。

「新橋《しんばし》で別れたんですけど。まだ戻ってませんか?」

「新橋で?」

「はい。目撃情報を追って、銀座《ぎんざ》のほうまで足をのばしたんです。須田チョウのほうが先に戻ると思っていたんですが……」

二人は、月島《つきしま》署管内で発生した放火の件で出かけていた。東京湾臨海署の事案ではない。だが、臨海所管内でも不審な小火《ぼや》があり、関連を調べていた。

須田は何かを思いついて、回り道をしているのかもしれない。須田の思いつきはばかにできない。突拍子《とっぴょうし》もないところから証拠を見つけてきたりする。頭の出来が普通の刑事とは違うのかもしれない。それに加えて、妙なツキを持っているのだ。

今のところ、放火犯は鳴りを潜《ひそ》めている。これだけ雨が続けば、火も付けにくいだろう。

そんなことを考えていると、急に廊下のほうが騒がしくなった。何事かと戸口を見ると、そこに須田の姿があった。

グレーの背広が雨に濡れてまさにどぶネズミ色だった。刑事としては明らかに太りすぎの体を左右にゆすり、よたよたと近づいてくる。

深刻な表情をしている。この世の終わりといった顔つきだ。須田をよく知らない者が見たら、何事かとぎょっとするに違いない。だが、須田は、何か事件にぶつかると必ずこういう顔をする。そうでなければいけないと、自分で決めているとしか思えない。

髪も背広も雨に濡れている須田に、安積は尋ねた。

「何だ？　放火犯でも捕《つか》まえたか？」

「いえね、チョウさん。そっちは空《から》振りなんですが、帰りのゆりかもめの中で傷害沙汰《ざた》がありましてね。現行犯で取り押さえました」

安積は驚いた。

「おまえがか？」

「ええ」

須田は少しばかり傷ついた顔をした。考えてみれば、強行犯係の刑事が傷害罪の犯人を現行犯逮捕することに、何の不思議もない。須田だって、部長刑事に昇進するときに柔道、剣道など術科の関門をクリアしているのだ。

「……で？　どういう経緯だ？」

須田は急に悲しそうな顔になった。

「ほら、このところ問題になっているでしょう。電車の中や駅での暴力。ちょっとした言葉のやり取りで、人を殺してしまう。最近、増えてますよね。電車の中の暴力ですよ。最近の若者には、公共という考え方があまりないんだそうですね。どこにいても、自分一人の場所だって思っちゃうんだそうです……」

「須田」

安積は遮った。「要点を言ってくれ」

「あ、すいません。つまりですね……」

「つまり、電車の中で暴力を振るっていたやつを引っぱってきたというわけか？」

「ゆりかもめです。あれって、乗務員が乗っていませんよね。車内で問題が起きても解決してくれる人がいないんです。で……」

そのとき、背後から声をかけられた。

「安積係長。ちょっと来てくれ」

榊原《さかきばら》刑事課長だった。

安積は、須田に、後で詳しく話を聞くと言っておいて、席を立った。

榊原課長は難しい顔をしていた。だが、それはいつものことだ。苦労人の課長は、警察組織内での自分の評価をいつも気にしているように見える。課内で波風が立たないように細心の注意を払っている。鑑識の石倉と盗犯係の若い刑事との諍《いさか》いに、課長は胃が痛む思いだったに違いない。

課長は安積に方面本部からの通達を告げた。殺人で指名手配されている容疑者が、臨海地区で目撃されたという情報が入った。

臨海地区の各所轄、つまり、城東《じょうとう》署、深川《ふかがわ》署、月島署、水上《すいじょう》署そして臨海署は、警戒を強めるようにとのことだ。

江戸《えど》川《がわ》区で起きた殺人事件だ。殺されたのは六十八歳の女性。彼女は不動産会社の女社長で、金銭を巡るトラブルからの犯行と見られている。

指名手配された容疑者は、瀬川勝蔵《せがわかつぞう》、五十六歳。被害者とは数年前に知り合い、多額の借金があるという。瀬川はもともと、金属加工の小さな町工場の経営者だった。不況のあおりを受けて工場は倒産。金に困っての犯行と見られている。

「最後に目撃されたのは、どこです？」

安積は尋ねた。

「月島だ。もんじゃを食っていたそうだ」

「もんじゃですか……」

殺人の容疑者がもんじゃ焼きを食べていた。安積はなぜかふと悲しみを感じた。理由はない。だが、その姿を想像したとき、ひどく哀《あわ》れな気がしたのだ。須田と話していたせいで、彼の感傷癖が伝染したのかもしれない。

「わかりました」

安積はうなずいた。「係員に指示して警戒を強めます」

「地域課にも通達が届いているはずだ。あらためて、容疑者の人相を確認しておいてくれ」

顔写真はすでに配布されていた。だが、管轄外の事案だとどうしてもおろそかになる。

「徹底させておきます」

榊原課長はふと溜《た》め息《いき》をついた。

「鑑識の石倉君のことだがな……」

「はい」

「それとなく、フォローしてやってくれないか?」

「私がですか?」

「そう。昔から石倉君は、君とウマが合うそうじゃないか」

「誰がそんなことを言ったのです?」

「交機隊の速水小隊長だよ」

あいつめ。

もしかしたら、課長に余計なことを進言したのを、一言《ひとこと》断りにやってきたのかもしれない。あいつなりに、気がとがめていたのだろうか。それを私は剣もほろろに追い返したことになる。

「石倉さんは大人ですよ。放っておいてもだいじょうぶです」

「頼むよ、係長。課内の人間関係を円滑に保ちたい。仕事に支障が出るとまずい」

それは、課長の仕事であって、私の仕事ではない。そう思ったが、それを口に出すのはあまりに課長が気の毒に思えた。

「折を見て、話をしてみます」

「すまんな、係長」

席に戻ると、まだ須田が机の脇に立っていて、他の係員と何やら悲愴な顔で話をしている。相次ぐ若者たちの暴力を嘆《なげ》いているに違いない。

椅子に座ると安積は須田に言った。

「さて、話を聞こうか。ただし、手短にな」

2

須田の話を要約すると、こういうことのようだ。

須田は新橋駅からゆりかもめに乗った。芝浦《しばうら》ふ頭《とう》駅を過ぎて、レインボーブリッジを通過するあたりで、騒ぎが起きた。

若い男と中年男性が言い争いを始めたのだそうだ。止める者はいない。ゆりかもめには乗務員はいない。運転手すらいないのだ。そこで須田が止めに入ろうとした。そのとき、ゆりかもめはお台場《だいば》海浜《かいひん》公園駅に着いた。二人はつかみ合うようにしてゆりかもめを降りる。

須田も降りた。そのとき、若い男が中年男を殴りはじめた。須田によると、暴力は一方的だったそうだ。

須田は、若者を取り押さえようとしたが、若者は逃亡しようとした。そこで、携帯で署の地域課に応援を頼んだ。須田が若者に追いつき、揉《も》み合っているところに地域係が駆けつけたというわけだ。

「その若者はどうした？」

「取調室に連れて行かせました」

「そいつは一人だったのか？」

「ええ。一人でした」

「被害者は、反撃しなかったのか？」

「見たところ、一方的でしたね」

安積はうなずいた。

街中《まちなか》の争いは喧嘩《けんか》両成敗というのが、長い間の警察の慣習だった。喧嘩をいちいち事件にしていては、警察署はたちまちパンクしてしまう。

だが、昨今の列車内暴力事件でそうも言っていられなくなった。なにせ、三軒茶屋《さんげんぢゃや》、西《せい》武遊《ぶ》園地と、立て続けに二人の死亡者を出している。

鉄道施設内での暴力事件は、九九年一年間で、殺人・殺人未遂が十件、傷害・暴力事件が千十六件にも上《のぼ》っている。それは三年前に比べほぼ倍の数だ。さらに増加傾向にあり、凶悪化している。警察庁からも厳しく取り締まるようにお達しが来ている。

須田が現行犯逮捕した判断は正しい。

「それで被害者はどうした?」

「犯人を地域係に任せて、すぐにホームに戻りました。被害者はまだホームにうずくまっていたので、救急車を呼びました。病院で治療を受けているはずです」

「じゃあ、加害者の話を聞いてくるか……」

安積は、立ち上がってから言った。「江戸川区の殺人で指名手配されている容疑者が、臨海地区近隣で目撃されたという情報が入っている。手配写真を再度確認して、人相を頭に叩き込んでおいてくれ」

村雨が確認した。

「不動産屋の女社長が殺された件ですね」

生真面目な村雨らしいタイミングだ。

「そうだ」

安積は言って、席を離れた。「須田。おまえさん、取り調べの記録を取ってくれ」

傷害容疑で現行犯逮捕された若者は、ひどくしょげかえっているように見える。髪を長くして、顎鬚《あごひげ》を生やしている。服装は、安積の眼から見ればひどくだらしがない。最近の若者らしい服装なのだろう。

彼をここまで引っぱってきた地域係の係員が二人、見張っていた。安積は彼らに礼を言い、須田を記録係の席に座らせた。須田はノートパソコンの蓋《ふた》を開き、スイッチを入れた。

背が高い若者だ。鍛《きた》えればいい体になるだろう。だが、体を鍛えた形跡はない。手首が細く、指が長い。苦労を知らない手だと思った。

殊勝な態度でうつむいているが、ちらりと安積をうかがったその眼を見ると、猜疑心《さいぎしん》に満ちている。

「名前を言ってください」

若者はうつむいたまま黙っている。

安積は、もう一度同じことを言った。若者は顔を上げて、訴えかけるように言った。

「はずみなんだよ。はずみで殴っちまっただけだ。たいしたことじゃねえだろう?」

「私は名前を訊《き》いているんです」

若者はまたうつむいた。

やがて、彼はふてくされた態度で言った。

「ヤマサキ・テルオ……」

「どういう字を書くんですか?」

「ヤマサキは普通の山崎だよ」

「濁《にご》らないんですね?」

「ああ」

「テルオは?」

「輝くという字に男」

いかにも面倒くさいという態度だ。

「年齢は?」

「二十四」

「住所は?」

安積は淡々と質問を続けた。住所の次は職業。後ろでは、須田がノートパソコンのキーを打ち込む音が聞こえる。

そして、かすかな雨の音。

住所は、杉並《すぎなみ》区高円寺《こうえんじ》で、フリーターだと言った。つまり無職だ。

「あなたは、ゆりかもめのお台場海浜公園駅において、傷害罪の疑いで現行犯逮捕されました」

「だから、はずみだと言ってるだろう?」

「そのはずみから、最近、二人の方が亡くなっているのを知らないのですか?」

「そんなにひどく殴っちゃいねえよ」

彼は反省しているはずだ。少なくとも、やってしまったことを悔《く》いている。安積にはそれがわかっていた。だが、山崎はそれを素直に表現することができない。反省したり謝《あやま》ったりすることが恰好《かっこう》の悪いことだと思っているのかもしれない。だから、虚勢を張ってしまう。

「傷害致死に問われた三軒茶屋の加害者も、西武遊園地駅の加害者も、そう思っていたはずです」

「やっちまったものはしょうがねえだろう」

「いきさつを詳しく話してください」

山崎は居心地《いごこち》悪そうに椅子の上で身じろぎした。

「あいつが、俺の足を踏んだんだよ」

「足を踏んだ」

「そうだよ。それでムカついてよ」

「それだけですか?」

「薄汚《うすぎたね》えオヤジでよ。俺の隣にいるときからムカついてたんだ。謝れオヤジって言ったのに、シカトしやがってよ」

「相手が無視したということですか?」

「そうだよ」

「確かですね? 目撃者の証言と食い違ったら、面倒なことになりますよ」

安積はちょっとだけプレッシャーをかけてやった。山崎はたちまち反応した。

顔をしかめ、指を動かし、肩を二度三度とすくめた。どう言おうか考えている。警察をだませるかどうか迷っているに違いない。迷うだけ無駄だということをわからせなければならない。

「私の後ろにいる係員に見覚えがありますね。彼はたまたま同じ車両に居合わせ、一部始終を見ていたのです。さらに、私たちは、被害者の話も聞きます。そして、すでに現場に駆けつけた係員たちが、目撃者の話を聞いているはずです」

　山崎は不機嫌そうに言った。

「オヤジは、ああ、済《す》まんと言ったんだよ。俺は、もっとちゃんと謝れって言ったんだ。足踏んでおいて、ああ、済まんはねえだろう？」

「相手は謝ったのですね。だが、あなたは因縁《いんねん》をつけた」

「そうじゃねえだろう？　ちゃんと謝れって言っただけだ。なのによ、オヤジはそれから俺をシカトしやがったんだ」

　安積は無力感を覚えた。

　山崎は、本当に自分が悪いことをしたと思っていないのだろうか。あるいは、悪いことをしたと、認める言葉を知らないだけなのだろうか。

　後者であると思いたい。言い訳をしているのだという自覚があるならまだ救いがある。だが、もし、本当に自分に非があると思っていないのなら、この若者に何を言っても無駄だと感じた。

「それから、あなたはどうしました？」

「駅に着いたんで、話をしようとオヤジを引きずり出したよ。そしたら、オヤジが何か言ったんで、すげえムカついて、気がついたら殴ってた」

　安積は振り返って須田を見た。

　須田は驚いたように安積を見返した。

「おまえが見たとおりか?」

「ええ。だいたいそうですね」

「だいたいというのは、どういう意味だ?」

「話をしに引きずり出したと彼は言いましたが、そんな感じじゃなかったですね。電車のドアが開いたとたんに、被害者を引きずり出していきなり殴ったんです」

安積は、山崎を見た。

山崎は、開き直った態度で言った。

「そんなに俺を悪者にしたいのかよ。わかったよ。勝手にすりゃいいだろう」

「私たちは、勝手に何かをするようなことはありません。法に従って適正な手続きを取ります。それ相当の理由があれば、あなたを正式に逮捕し、傷害罪で送検します」

初めて山崎の眼に怯《おび》えが見て取れた。

今まで高《たか》をくっていたのかもしれない。何だかんだ言いながら、結局、説教をされて放免だ。それくらいに考えていたようだ。

もちろん、安積も事を荒立てる気はない。山崎が充分に反省をしており、被害者の怪我《けが》がたいしたことがなければ、和解の方向で話を進めるつもりではある。

勾留《こうりゅう》期限ぎりぎりまで留置所にいてもらってもいい。その間に、態度を改めるかもしれない。安積はそう考えた。

安積も珍しく腹を立てていた。

少なくとも、自分たちは長幼の序ということを有形無形で学んできた。それはたしかにいいことばかりではないが、それで社会の秩序が保たれていたことは否定できない。

今の若者は、そういうことを学ぶチャンスがなかったのだ。やはり、大人のせいか。考えると憂鬱《ゆううつ》になってきた。

やはり、この梅雨《つゆ》空のせいだろうか。妙に苛立っている。いちいち腹を立てるのがばからしいようなことに腹が立つ。

こんな若者ばかりだと、この国の未来はない。そんなことまで考えてしまう。じっとりとした空気が体中を包んでいる。汗と湿気が混じり合った耐え難《がた》い不快感だ。頭の中に黴《かび》が生えてしまって、まともな思考ができないのかもしれない。そんな気さえしてくる。

安積は、山崎を留置所に入れるように指示して、取調室を出た。

逮捕状の請求は、しばらく見合わせることにした。たしかに、須田の判断は間違っていなかったし、警察庁もこうした事案を厳しく取り締まるように言っている。だが、送検することがすべての解決になるとも思えない。

和解の道があるなら、それを勧《すす》めたい。だが、それも被害者の怪我の具合と態度による。

安積が席に戻ると、村雨が例の指名手配者の写真を各員の机に配っていた。やることにそつがない。だが、やはりちょっと鼻につく。

安積は、見るともなくその写真をながめていた。

しばらくすると須田が戻ってきた。山崎を留置所に預けてきたのだ。

「須田」

安積は言った。「被害者がいる病院に行ってくれ。話を聞いてくるんだ。もし、被害者の怪我がそれほどではなく、強硬に訴える意志がなければ、和解の方向で考えたい」

須田は、しばらく考えていた。やがて、彼は言った。

「そうですね、チョウさん。あの……」

「何だ?」

「署に引っぱってきたのは、間違いでしたかね? 派出所に預ければそれで済んだかもしれませんね」

安積はかぶりを振った。

「そうじゃない。おまえの判断は間違っていない。私は先のことを考えているだけだ」

須田は、明らかにほっとした顔をした。

「じゃ、病院に行ってきます」

そのとき、村雨が言った。

「その前に、写真を見ていってくれよ」

「写真?」

須田が眼をしばしばさせて村雨を見た。

「係長が言っただろう。江戸川区の指名手配者だ。机の上にあるだろう」

「ああ……」

須田は写真を手に取った。

それを、机の上に放り出そうとして、またあらためてまじまじと見つめた。

安積はその様子に気づいた。須田のこうした行動には必ず何か意味がある。

「どうした？」

安積は思わず尋ねていた。

「えーと……」

須田は戸惑ったように言った。「この写真、殺人の容疑者でしたっけ……」

「そうだ」

「あの……、似てるんですけど……」

「誰にだ？」

「ゆりかもめの件の被害者です。山崎に殴られた中年男ですよ」

安積は村雨を見ていた。なぜ彼を見たのか自分でもわからない。何か判断しようとするときに、無意識に彼を頼りにしているのかもしれなかった。村雨は須田を見つめている。その視線を追うように、安積は須田を見た。

村雨が言った。

「そいつはまだ病院にいるのか？」

「確認していない。すぐに行ってみる」

黒木が無言で立ち上がった。

安積が指示するより早く、村雨が桜井に言った。

「おい、俺たちも行くぞ」

須田がよたよたと戸口に向かって駆けていく。それを追い越さないように、黒木がしなやかな動きで続く。

村雨は、いかにも刑事らしく大股で進み、それに遅れないようにぴったりと桜井が従っている。

いつもの強行犯係のメンバーだ。雨だろうが、嵐だろうが彼らはそうして出かけていく。

安積は、しばらく彼らが出ていった戸口を見つめていた。

3

「いない?」

安積は、須田からの電話連絡を受けて聞き返していた。「病院から抜け出したということか?」

「はい」

「地域係の係員か誰かが付いていたんじゃないのか?」

「ええ。でも、隙《すき》を見て逃げたようです。付いていた地域係も、被害者が逃げ出すなんて思っていなかったんでしょう」

「逃げたということは、どうやら、指名手配されている瀬川勝蔵と見て間違いなさそうだな」

「ええ。本人が言った名前と住所はまったく違っていますけどね。おそらくでたらめでしょう」

「そっちは私が調べておく」

安積は、瀬川らしい男が言ったという名前と住所を須田から聞いてメモした。

「病院は人の眼が多い。必ず目撃者がいるはずだ」

「今、手分けして聞き込みやってます。また連絡します」

「わかった」

安積は電話を切った。

メモした名前と住所の確認の手配を済ませると、安積は課長のもとに行った。

「瀬川勝蔵らしい人物が見つかりました」

「本当か？　うちの管轄内か？」

「それが、ちょっと妙ないきさつがありまして……」

ゆりかもめでの出来事を説明した。

榊原課長は、眉をひそめて言った。

「須田か……。しかし、どうして現場で気づかなかったんだ？　病院まで付き添ったんだろう？」

「どうしても加害者のほうに眼がいきますからね。それに、瀬川勝蔵の顔写真を確認しておけと伝えたのは、ゆりかもめの件の後ですから……」

「それにしても、指名手配されているんだ。捜査員が一度接触していて、みすみす見逃したとなれば、上のほうから何を言われるかわからん」

榊原課長は顔をしかめた。また胃が痛んでいるのかもしれない。その顔を見ていると、安積も憂鬱な気分になってきた。また、ワイシャツの襟と首の間の湿り気を意識した。

「とにかく」

安積は言った。「今、その後の足取りを全力で追っていますから……」

「緊急配備《キンパイ》を敷《し》く。係長、現場で指揮してくれ」

「わかりました」

心配することはありません、必ず見つけます。そう言いたかった。安積はそう信じている。だが、気休めと思われそうなので言わずにおいた。

須田から聞いた住所と名前はでたらめであることが確認された。

傘《かさ》を持って一階に降りると、速水と眼が合った。さきほどの一件のことがあり、気まずくて眼をそらしてしまった。

速水が声をかけてきた。

「よう、ハンチョウ。お出かけか?」

安積は、いつもと変わらぬ速水の声に、少しだけ救われたような思いで顔を上げた。

「指名手配犯らしい人物が管内で見つかった。現場に行く」

「どのあたりだ?」

安積は、病院の名を言った。

速水はうなずくと、立ち上がった。

「ちょうどそっちへ行くところだ。パトカーで送ってやる」

正直言ってありがたかった。雨の中を駅まで歩くのは気が重い。タクシーを使えるほど、署の財政は豊かではない。

速水は、安積の返事を聞く前に言った。

「玄関で待っててくれ。車を回してくる」

雨はしとしとと降り続いていた。空は灰色でアスファルトが濡れている。要諦丸《ようていまる》と宗谷《そうや》の向こうに見える船の科学館の周囲の緑が、雨に煙っていた。

速水の運転する交機隊のパトカーがやってきて、署の玄関の前に停まった。水を跳《は》ね上げそうな勢いで、あわてて安積は一歩後退していた。

わざと水を跳ね上げようとしたのだろうか? まさかな……。

「済まんな」

安積は助手席に乗り込んだ。

それだけ言った。

「なに、ついでだ」

それから沈黙が続いた。規則正しいワイパーの音が聞こえる。安積は気が重く、パトカーに乗せてもらったことを、ふと後悔した。

「嫌な雨だな」

安積は言った。

「ああ。嫌な雨だ」

速水は正面を見据《みす》えている。

雨は次第に小降りになり、やがて止《や》んだ。速水はワイパーを止めた。車内の沈黙がいっそう重苦しく感じられた。

パトカーが病院に着こうとするとき、空がみるみる明るくなってきた。気まぐれな天気だ。

安積がパトカーを降りるときには、雲の間にわずかながら青空さえのぞいていた。

「助かったよ」

パトカーのドアを閉める前に、安積は速水に言った。速水はうなずいただけだった。速水のパトカーはどこかへ走り去った。どこへ出かけるのかは知らない。もしかしたら、ついでというのは嘘なのかもしれない。

安積は、病院の外に立って携帯電話で須田と連絡を取った。

「どうだ、様子は？」

速水はこたえた。

「チョウさんが言ったとおり、いくつかの目撃情報が得られていますね」

「私は今病院にいる」

「わかりました。何かあったら、連絡します」

「病院内では携帯は使えない。用があったら病院に電話して呼び出してくれ」

「了解です」

電話が切れた。須田の声は力強かった。少なくとも容疑者の足取りがつかめず、途方《とほう》に暮れている様子ではなかった。

安積は、瀬川勝蔵と思われる男を診察・治療した医者に話を聞こうと思った。山崎の件も片づけなければならない。

医者の名前は、河本《かわもと》だ。ネームプレートでわかった。痩《や》せた五十代の神経質そうな男だ。

安積はまず瀬川勝蔵の手配写真を取り出して見せた。

「治療なさったのは、この男でしたか？」

河本医師はちらりと写真を見ただけでうなずいた。

「別の刑事さんにも同じ写真を見せられました。その刑事さんにも言いましたけどね、間違いありませんよ」

苛立っているように見える。忙しいのだろう。

「傷の具合はどんなでした？」

河本医師は虚《きょ》を衝《つ》かれたように、意外そうな顔をした。

「傷の具合?」

「そうです。この男の傷の具合です」

「ただの打撲ですよ」

「それほどひどくはない?」

「うっかり柱にぶつけた程度ですね」

「話によると、しばらく現場にうずくまっていたというのですが……」

「殴られた傷はたいしたことありません。しかし……」

「しかし?」

「かなり体が弱っているようでした。立てなかったのは、おそらく低血糖の影響でしょう。肝臓が参《まい》っているようですね。肝機能が弱まると、低血糖の発作症状を起こすことがあります。汗が流れ、体に力が入らなくなる。ひどくだるくなり、視野狭窄《きょうさく》などが起きます」

「そっちの処置もしましたか?」

「加糖《かとう》生理食塩水の点滴をしましたよ。でも、肝臓の検査や治療はやってません。なにせ、殴られたと言って運ばれてきたんですからね」

安積はうなずいた。それから、もう一度念を押すように言った。

「殴られた傷はたいしたことはなかったのですね?」

「ええ。湿布《しっぷ》を貼っただけです」

安積が礼を言うと、河本医師はいそいそと去っていった。

階段の踊り場に窓があり、そこから明るい青空が見えた。安積は一瞬、眼を疑った。玄関に出てみると、いつの間にか空が晴れ渡っていた。

梅雨晴れだ。

濡れた地面や、雨を含んだ木々の葉が、陽光に照らされてきらきらと輝いている。緑のみずみずしいにおいと、潮のにおいを感じた。

思わず深呼吸をしていた。

唐突に安積は、すべてがうまくいくという予感を感じた。

病院の館内放送で呼び出されたのは、それからややあってのことだった。受付で電話を受ける。相手は須田だった。

「チョウさん。身柄《みがら》確保です」

安積は、心の中にも青空が広がっていくような気がした。これで、課長も一安心だろう。

「よくやった」

「いやあ、村雨が見つけたんですよ。お手柄ですよ」

身柄確保した本人でなく、須田に報告をさせる。いかにも村雨らしいと安積は思った。あくまでも縁の下の力持ちというわけだ。

「署に運ぶのか？」

「いえね。具合が悪そうなんで、病院に戻そうかと思ってるんですが……」

「そうしてくれ。私はここで待っている」

須田と村雨に連行されてきた男は、顔色が悪く疲れ切って見えた。服は垢染《あかじ》みており、髪は乱れ髯《ひげ》が伸びている。口を半開きにして、苦痛に耐えているような悲しげな顔をしていた。

この男が、たった一人でもんじゃ焼きを食べているところをまた想像してしまった。哀れに思った。

「瀬川勝蔵だね?」

安積が確認すると、老犬のような眼を向けて、小さく「はい」と言った。

やがて、黒木と桜井も病院にやってきた。須田と黒木を残し、安積たちは引き上げることにした。すでに課長には連絡してある。想像していた通り、課長は心からほっとした声で、「そうか」と言った。

病院を出ようとすると、須田が安積を呼び止めた。

「何だ?」

「山崎のことです」

「山崎がどうした?」

「どういう処分になるにせよ、彼にやってもらわなければならないことがあります」

安積は須田を見つめた。須田は、思い詰めたような顔をしている。須田の態度はいつも大げさだ。

「わかった。連れてくる」

東京湾臨海署に戻り、二階に上がってくると、声高《こわだか》にやり合っている二人に気づいた。鑑識の石倉と例の若い刑事だ。まだいがみ合っているのか。安積は立ち止まってその様子を見つめた。

石倉の声が聞こえてくる。

「だからよ、俺が言い過ぎたって言ってんだろう」

相手の若い刑事が言う。

「いえ、自分が生意気だったんです」

「強情だな、おめえも。俺が悪かったって言ってんだからそれでいいだろう」

「謝るのは自分のほうですから」

安積は、失笑し思わずかぶりを振っていた。この二人は案外いいコンビになるかもしれない。

課長に経過報告をする。瀬川勝蔵については、あとは捜査本部に引き渡すだけだ。臨海署の事案ではない。

安積は、山崎を留置所から連れてくるように、総務課の係員に命じた。やってきた山崎は不安そうだった。

「ちょっと付き合ってくれ」

安積は、今度は臨海署のパトカーを手配して、山崎を連れて病院に戻った。山崎は、不安を募らせているように見える。病室の前に須田と黒木がいた。須田は安積と山崎を見ると、申し訳なさそうにほほえんだ。

ベッドに横たわる瀬川の脇に連れて行くと、山崎は事情が呑《の》み込めぬ様子で安積を見つめていた。彼はずっと無言だった。

瀬川は、ベッドから無表情に安積を見つめている。

安積は言った。

「瀬川。この男を覚えているか?」

瀬川は、山崎を見た。安積に視線を戻すとうなずいた。

安積は山崎に言った。

「悪いことをしたという自覚がもしあるなら、彼に謝りなさい」

山崎は、しばらく仏頂面《ぶっちょうづら》でうつむいていた。安積は、何も言わずに山崎の出方を待つことにした。

やがて、山崎は顔を上げた。

瀬川を見て、頭を下げた。

「済みませんでした」

瀬川は、困惑したような顔で弱々しくかぶりを振った。

「いいんだ」

山崎から視線をそらし、天井を見上げるとさらに言った。「いいんだ。もう、いいんだ。

何もかも……」

署に戻るパトカーの中で、安積は車窓から外を眺めていた。雨上がりの歩道。濡れた建物に日の光が当たっている。町並みや街路樹の陰影がくっきりと刻まれていた。

「レインボーブリッジを見ていたんすよ」

ぽつりと山崎が言った。安積は車窓から隣の山崎に眼を移した。

「レインボーブリッジ？」

「別れた彼女と最初にデートした場所なんすよ。俺、レインボーブリッジ、見るためにゆりかもめに乗ったんす」

「別れたばかりだったのか？」

山崎はうなずいた。ささやかな感傷旅行だったというわけだ。傷を自ら舐《な》めるような甘く切ない感傷の時間。安積にも覚えはある。

山崎にとっては大切な時間だったのかもしれない。それを瀬川に邪魔されたように感じたのだろう。腹を立てる気持ちもわからないではない。だが、だからといって、暴力を振るっていいということにはならない。

安積は言った。

「自分の場所と公共の場所は違う。その違いを考えてみるんだな」

山崎はうなずいた。

起訴する必要はない。検事もそう判断するだろう。慣習的に警察には、このくらいの裁定はまかされている。安積は、山崎を送検しないことにした。

安積は、また窓の外に眼を移した。

4

署に戻ると、安積は課長にすべてを報告した。瀬川の件も、山崎の件も片づいた。課長は、珍しく穏やかな顔をしていた。

「石倉さんの件ですがね……」

安積は声を落として言った。「私がしゃしゃり出るまでもなさそうです」

「そうなのか?」

「現場に対立はつきものです。だいじょうぶ。彼らはうまくやっていきますよ」

榊原課長は、何か言いたげだった。だが、結局黙ってうなずいただけだった。

安積は、席に戻り、今日一日のことを思い返していた。朝は暗かった窓に、今は光があふれている。

窓から差し込む陽光が、部屋の中を明るくしており、気分が変わっていた。

山崎は謝罪をした。大切なことだ。誰かを傷つけたのなら、それを反省してちゃんと謝らなければいけない。肉体的な傷もそうだが、心理的な傷ならなおさらだ。それがどんな小さなものでも、遺恨《いこん》を残すことがある。

安積は、一つ深呼吸をすると立ち上がった。

刑事課の部屋を出て階段を降りた。一階は、交機隊や交通課の縄張りだ。制服を着た連中が忙しく行き来している。違反切符を持った人が、不機嫌な顔で並んでおり、女性の係員が対応していた。

その一階の奥に、速水の席があった。速水は、大きな体を窮屈そうに丸めて、何かの書類を睨んでいた。

安積は、近づいた。速水が気配を察して顔を上げる。

「よう、ハンチョウ。珍しいな、俺の縄張りにやってくるなんて」

「おまえは、しょっちゅう、俺の縄張りにやってくる」

「交機隊に刑事ごときの縄張り意識は通用しない」

「朝から嫌な雨だった」

「今日はずっとその話題ばかりだな、ハンチョウ。何だ？　天気の話をしに来たのか？」

ここは気象庁じゃないぞ」

「天気のせいで、みんな気が滅入《めい》っていた。いらいらしていたんだ。石倉さんもそうだし、盗犯係の若いやつもそうだ」

速水は鷹揚《おうよう》にうなずいた。

「そう。だから、石倉のとっつあんのもめ事なんてたいしたことじゃない。それくらい、わかってる」

「そのことじゃないんだ」

「何が言いたい？」

「私も苛立っていたようだ。さっきは言い過ぎた。すまんと思っている」

速水は、人を小馬鹿にしたような笑いを浮かべた。

ちくしょう。言わなければよかったかもしれない。安積は一瞬、そう思った。だが、言っておかねばならないことだった。安積は、山崎に謝ることの大切さを教えなければならないと思った。教えようとした本人が、ほおかむりはできない。

「ハンチョウ」

速水はにやにや笑いながら、言った。「俺があんなことを気にするほどケツの穴の小さな人間だと思うか？」

「おまえが気にするかどうかが問題なんじゃない。俺が、あんなことを言ったことが問題なんだ」

「おまえはそういうやつだよ。わかった。こう言ってほしいんだろう？　そうだ。俺は傷ついた。だが、許してやろう」

安積は顔をしかめた。

「おまえは、本当に嫌なやつだな」

「お互いさまだ、ハンチョウ。だが、どっちも今さら、直らんよ」

そのとき、どこかで声がした。

「お、虹《にじ》だぞ」

交機隊の隊員の一人が窓の外を見ていた。

速水は、首を捻ってそちらを見た。

「何が虹だ。女子供じゃあるめえし」

そう言いながら、彼は立ち上がり、窓に近づいた。隊員が速水のために場所を開ける。

速水は、窓に張り付くようにして空を眺めていた。

梅雨晴れの虹。

こんな日もある。

安積も、ゆっくりと窓に近づいた。

最前線

1

桜井太一郎《さくらいたいちろう》は、その喧噪《けんそう》に驚いていた。

彼は、東京湾臨海署の刑事課強行犯係からここにやってきたのだが、同じ警察署とは思えないほどだ。署内の至る所で、怒鳴り声が聞こえる。

ある者は電話に向かって怒鳴っており、ある者は後輩や部下を怒鳴りつけている。またある者は、検挙してきた相手を怒鳴りつけていた。

そして、誰かが必ず走り回っていた。刑事や警察官が走るから記者も走る。署内は、ひどく騒々しく慌ただしい。

「聞きしにまさるというやつですね」

村雨《むらさめ》部長刑事が、安積《あずみ》係長に言った。

「ああ。なにせ、都内で犯罪発生率ナンバーワンの地域だからな」

彼ら三人は、竹の塚署にやってきていた。足立《あだち》区内の所轄署だ。かつて、足立区は、綾《あや》瀬《せ》署と西新井署の二つの所轄署でカバーしていたが、とにかくこのあたりは犯罪の発生率が高い。綾瀬・西新井両所轄署の署員たちは激務を強《し》いられた。

交替制の外勤警官はいざ知らず、刑事たちは寝る暇もない。そこでこの地域に新たに警察署が作られることになった。少しでも、綾瀬・西新井両所轄署の負担を減らそうと考えたわけだ。

経費削減で、リストラの方向にある東京都が、警察署を新設しようとしたのだから、いかに綾瀬・西新井両所轄署が忙しかったかがわかる。そして新設されたのが竹の塚署というわけだ。

竹の塚署ができて、綾瀬・西新井署が楽になったかというと、実はそうでもないという話を、桜井は聞いていた。どういうわけか、警察署が増えると犯罪もまた増える。つまり、それまで手が回らなかった犯罪が表面化してくるわけだ。警察官の仕事は、増やそうと思えばいくらでも増えるのだ。

結局、足立区内にはおそろしく忙しい警察署が二つから三つに増えただけということになった。桜井は今、その三つのうちの一つにやってきているというわけだ。

声高に何か喚《わめ》きながら、三人のすぐそばを通り過ぎた私服がいた。彼は、部屋の出入口のほうを見てがなっていた。

「勘弁しろよ。俺について回ったっていいことはねえぞ」

新聞記者を牽制《けんせい》しているのだ。ベテランの刑事だろうと、桜井は思った。今の記者に対する態度が、そう感じさせたのだ。また、ある程度実績のある刑事でなければ、記者がマークするはずはない。

桜井は、その刑事の顔を見た。そして、思わず、あっと声を上げていた。

「大橋《おおはし》さん……」

相手は、名を呼ばれ、反射的に桜井のほうを振り向いた。刑事らしい厳しい眼をしている。

「桜井か……」

それから彼は、桜井のすぐそばにいた安積と村雨を見た。

「安積係長にムラチョウ。久しぶりです」

安積係長が言った。

「大橋か。そうか。竹の塚署に来ていたのか」

「ええ。署ができるときに、上野署から回されました」

「元気そうだな」

安積のこの一言に、大橋は苦笑を浮かべた。

「元気というより、やけっぱちですね。このあたりは最前線ですよ」

桜井は、大橋を見ながら不思議な違和感を感じていた。

大橋はかつて、同じ職場で働いた同僚だった。青海《あおみ》に東京湾臨海署が新設された当初の強行犯係のメンバーの一人だった。その後、上野署の刑事課に異動になった。

年齢は、桜井より二つだけ上だ。階級は同じ巡査だった。当時、大橋は目立たない男だった。無口で、自分から意見を言うことは決してなかった。後輩の桜井から見ても、おとなしすぎる嫌いがあった。

それが、今は別人のように見える。すでに一人前の刑事の風格を感じさせるのだ。

「係長、今回の帳場にいらしたんですね」

大橋は安積に言った。

「そうだ」

「久しぶりにいっしょに働けるというわけですね。俺もその帳場、呼ばれてますから」

その口調も、かつての上司と部下という感じではない。同じ刑事同士という余裕が感じられる。帳場という捜査本部をさす符丁も、今の大橋の口から聞くと、ごく自然な感じがする。

大橋が東京湾臨海署を離れて、どれくらい経《た》つだろうか。おそらく、五年ほどに過ぎないだろう。たった五年で、人はこれほど変わるものなのだろうか。

自分はどうだろう。桜井は思った。刑事となり東京湾臨海署に配属されたときは有頂天だった。地域課の交番《ハコバン》勤務から刑事になれるのは、警視庁の場合二百倍近いともいわれる狭き門なのだ。

刑事になるには、本庁の刑事養成講習を受けなければならないが、そのためには、所轄署の署長推薦が必要だ。刑事講習を受けられるのは、年に一所轄署で一名だけなのだ。

誰もが刑事を志望するわけではないが、年に一人というのは、それだけでたいへんな競争率となる。

さらに、刑事養成講習を受けた者すべてが刑事になれるわけではない。現在、警視庁管内には、百二の所轄署があるから、単純に考えて年に百二人が刑事養成講習を受けることになる。だが、最終的に合格するのは、三十人から四十人でしかないのだ。

刑事になれたのは、運がよかったからだと、桜井は思っている。それから、ずっと村雨と組んで仕事をしている。それで、何の問題もないと考えていた。村雨は口うるさい先輩でうんざりすることもあるが、つつがなく仕事はこなしていた。

だが、僕は何も変わっていない。桜井はそう思った。初めて東京湾臨海署の刑事課に配属されたときから、何一つ変わっていないような気がした。

大橋は成長した。少なくとも桜井にはそう感じられる。その姿を見て桜井は、なんだか落ち着かない気分になってきた。

「捜査本部になる会議室は、廊下の突き当たりを右に折れた最初の部屋です。もう看板が出ているはずです。俺は、片付けなきゃならんことがあるので、先に行っててください」

大橋が戸口を指差した。それから、すでに桜井たちには関心がないというふうに、ノートパソコンの蓋《ふた》を開いて、スイッチを入れた。

誰かがどこかで怒鳴った。

「大橋。例の強盗の件はどうなった?」

大橋が舌打ちした。

「十五分。あと十五分待ってよ。書類上げるからさ」

安積がその場を離れ、大橋に教えられた部屋のほうに向かった。村雨がそれに続き、そして、桜井が村雨に続いた。

2

桜井たちがやってきたのは、「東京湾金融業者殺人事件特別捜査本部」と名付けられた捜査本部だった。

二日前に、東京湾臨海署管内の運河で死体が発見された。有明埠頭橋《ありあけふとう》のすぐそばで、橋の下の水の広場公園の脇《わき》に打ち寄せられていた。発見したのは、車を停《と》めて甘い雰囲気に浸っていたカップルだった。

立派なドザエモンで、死後二日以上は経過していると見られた。行方不明者等を当たったところ、五日前から行方がわからなくなっていた足立区在住の金融業者が浮かび上がってきた。

歯の治療痕などをもとに、遺体はこの金融業者に間違いないことが確認された。監察医の調べで入水《じゆすい》前に死亡していたことがわかった。肺胞の充血の具合でわかるのだ。また、突然行方をくらましたなど行動に不審な点が多いことからも、殺人事件と断定、合同捜査本部が設置されることになった。

遺体の発見場所を管内に持つ東京湾臨海署に捜索本部が作られるのが普通だが、今回は、鑑が濃いということで、竹の塚署に置かれることになった。

たしかに遺体は東京湾臨海署管内で発見されたが、海に浮かんでいたので、殺害場所が東京湾臨海署管内とは限らない。入水前に死亡していることがわかっている。殺されてから、海に遺棄されたと考えるべきだろう。どこかから潮流や潮汐《ちょうせき》のせいで流れ着いたのかもしれない。従って、現場の地取りより、被害著の人間関係を洗う鑑取りのほうに期待が持てるというわけだ。

東京湾臨海署は捜査本部に五人出せと言われていた。だが、東京湾臨海署刑事課の強行犯係は、係長の安積を入れて五人しかいない。五人を捜査本部に出したら、自分のところが空になってしまう。

安積係長は、強行犯係から三人を出し、あとは他の係に協力してもらうことにした。知能犯係から一人、そして暴力犯係から一人、じきにやってくるはずだ。

捜査本部の準備はすっかり整っていた。桜井にとってもすでに馴染《なじ》みの雰囲気だ。細長いテーブルが並べられ、まるで、何かのセミナー会場のようだった。電話が三台置かれている。その他、ホワイトボードやマイクも用意されていた。

本庁からも、一班十六人がやってきた。やがて、東京湾臨海署から残りの係員が駆けつけた。竹の塚署は十五人を出し、捜査本部は、幹部を含めて四十人体制で発足した。

捜査本部長は竹の塚署の署長、副本部長が本庁捜査一課長だ。しかし、実際に陣頭指揮を執るのは、捜査本部主任となった本庁の池谷《いけたに》管理官だった。

桜井は、そっと捜査本部の中を見回した。大橋の姿を探したのだ。大橋はいなかった。彼は捜査本部に参加すると言っていた。何か書類を作成していたようだから、それで手間取っているのだろうか。桜井は気になっていた。

やがて、第一回の捜査会議が始まった。初動捜査でわかったことが、すべて確認された。被害者は、河原崎孝造《かわらざきこうぞう》、五十三歳。自称金融業者で、事実上は取り立て屋に過ぎなかった。離婚歴があり、子供はいない。もと妻とは音信不通だった。その所在を確認する必要があるだろうと、捜査本部主任の池谷管理官が言っていた。

遺体が発見される二日前に捜索願が出されていた。前日から姿が見えない、連絡も取れないと竹の塚署に申し出たのは、被害者の愛人だった。マリア・ハレル、二十八歳。フィリピン人の自称ダンサーだ。

竹の塚署の刑事課長が報告した。

「最初に捜索願を受け付けた署員の話によると、マリア・ハレルはかなり切羽詰まった様子だったということです」

穏和な池谷管理官がめずらしくしかめ面をした。

「切羽詰まった様子なのに、すぐに捜索を開始しなかったのか？　マスコミが嗅《か》ぎつけたら、また一騒ぎもちあがるぞ」

「速やかに処理するように心がけておりますがね……。なにせ、警察にやってくる一般市民はたいていが切羽詰まっていますからね」

竹の塚署刑事課長の口調は怨《うら》みがましかった。たしか、平良《たいら》という名前だった。署員全員が激務を強いられている竹の塚署だ。目の前の捕り物や喧嘩《けんか》、火付け、強盗などが優先されて、捜索などはどうしても後回しになってしまう。これは、仕方のないことだと桜井は思った。もし、警察に今以上のサービスを求めるのなら、警察官を三倍にしてくれと思う。みんなぎりぎりのところで働いているのだ。

結局、河原崎孝造は死んで発見され、彼の愛人は警察を怨むのだろうが、そいつはお門《かど》違いというものだと、桜井はさらに思った。別に警察が殺したわけではない。怨むのなら、犯人を怨むべきだ。

殺すにも殺されるにもそれなりの理由があるはずだ。それを無視して何もかも警察の怠慢のせいにされるのではたまらない。人々は、自分で自分の身を守るという意識が欠如しているのではないだろうか？ 警察官がすべての国民の身の安全を保障できるわけはないのだ。桜井は、最近の警察の不祥事の報道を見聞きするたびにそんなことを思う。

「その後、マリア・ハレルと接触は？」

渋い顔のままで、池谷管理官が尋ねた。

平良課長がこたえる。

「遺体の確認をしてもらいました。最初、こんなの、コウゾウじゃない、なんて言ってましたがね……。なんせ、死体《ロク》はドザエモンでしょう。人相が変わっちまってる。だが、ホクロやら傷跡やらを見て、結局は確認してくれました。そのときに、話が聞けました。彼害者は、いろいろともめ事を抱えていたらしいですね」

池谷管理官が背もたれから身を起こした。桜井も顔を上げて平良課長の顔を見ていた。捜査員たちが、集中の度合いを高めたのが肌でわかる。被害者が抱えていたもめ事というのは、そのまま動機に結びつく可能性が高い。

平良課長が説明を続けた。

「被害者は、金融業などと自称していましたが、体《てい》のいい取り立て屋です。トラブルも少なくありません。最近では、印刷工場に対してちょっとばかり強引な取り立てをして、警察沙汰《ざた》になっていました。立件はされていませんが、担当者は、これ以上悪質な取り立てを続けるようなら、事件にするつもりだったと言っていました」

池谷管理官は、思案顔で言った。

「派手な取り立てはしなくなったが、裏で密《ひそ》かに陰湿な行為を繰り返していたということも考えられるな」

平良課長は、かすかにうなずいて続けた。

「さらに、被害者は、ある不動産屋ともめていたそうです。この不動産屋も実は、バブル当時さかんに地上げで儲《もう》けた手合いで、不景気になっても、まともな取引より、一攫《いっかく》千金を狙う博打《ばくち》みたいな商売を続けていたということです。当然、銀行から融資は受けられなくなる。不動産屋が融資を受けられなくなったら終わりです。融資された金で物件を動かして稼ぐわけですから……。そこで、被害者に高利で金を借りた。当然、焦げ付きます」

「なるほど……」

「さらに、被害者は女のことでトラブルを抱えていました」

「そのマリアとかいう女の件か?」

「はい。マリア・ハレルは、あるクラブに勤めていましたが、これが、うちの生安《せいあん》がマークしている店でして……。裏でデートクラブをやっているのです。被害者は、彼女を無理やり揚げたわけです」

「揚げた?」

「水揚げ。店から足抜きさせたんですよ。それで、彼女を愛人にしたわけですが、それだけならまあ、店も事を荒立てようとはしなかったでしょうが、彼女、どうやらその後も客を取ったらしいんです。つまり、被害者はヒモのようなことをやっていたわけですね。店はこれにカチンと来た。もちろん、バックには暴力団《マルビー》がいます。広域指定団体の坂東《ばんどう》連合傘下、茂利谷《もりや》組系の久仁枝《くにえだ》組です」

池谷管理官がかぶりを振った。

「取り立てのトラブルに、貸した金の焦げ付き、そして、暴力団とのもめ事か……。なかなか、タフな人生じゃないか」

「その人生は長く続きませんでしたね」

平良課長は、唇を歪《ゆが》めて笑った。この人も被害者に劣らずタフな生き方をしているのかもしれないと、桜井は思った。竹の塚署などにいると、みんなそうなってしまうのかもしれない。

彼らに言わせれば、東京湾臨海署などはぬるま湯につかっているようなものだということになるのかもしれない。台場、青海、有明といった管内は、居住人口も少なく、竹の塚署の管内に比べると犯罪発生率はかなり低い。

そのとき、桜井は、大橋が部屋に入ってきたのに気づいた。後方の席にどっかと腰を下ろす。本当に大橋は変わってしまったと、桜井は思った。昔は捜査会議に遅れたりしたら、消え入りそうに小さくなっていたはずだ。

村雨も大橋に気づいたようだ。かすかに眉《まゆ》をひそめたように見えた。

大橋は、かつて村雨と組んでいた。もしかしたら、と桜井は思った。大橋が無口で感情を表に現さなかったのは、村雨のせいなのではないだろうか。村雨は口うるさい。どちらかといえば、古いタイプの刑事だ。

そういう先輩や上司が合わない者もいる。ひょっとしたら、大橋がそうだったのではないかと思ったのだ。大橋が安積班を抜けた後、桜井が村雨と組むことになった。

正直言うと、煙たいと思うこともある。しかし、桜井は先輩や上司の小言があまり気にならないほうだ。いつだったか、村雨のいないところで、安積係長から言われたことがある。言いたいことがあるなら、言ったほうがいい。口数が少ない桜井のことを心配したようだった。

しかし、桜井はもともと無口なほうなのだ。あれこれ取り繕うようにしゃべるのが苦手だ。そういうのは面倒くさいし、ならば黙っていたほうがましだと思ってしまう。

村雨の注意も、すべてまともに聞いているわけではない。聞いている振りをして、耳の穴を素通りしていることもある。それで、問題が起きたことはない。その程度でいいだろうと、桜井は思っている。

だが、大橋はそうではなかったのかもしれない。まともに、村雨の小言や注意を受け止め、鬱屈《うっくつ》していたのではないだろうか。もしかしたら、今の姿が本来の大橋なのかもしれない。

桜井は、勝手にそんな想像をしていた。

池谷管理官の声が聞こえて、現実に引き戻された。

「よし、鑑取りの班は、その三つのトラブルについて裏を取ってくれ。上がりは、六時。六時半から夜の捜査会議を開く。以上」

平良課長が、本庁の班長と安積係長を呼んだ。地取り、鑑取り、遺留品、手口などの班分けを行うのだ。基本的に捜査員を二人組にする。

桜井は、そっと大橋の様子をうかがっていた。足と腕を組んでいる。傲慢《ごうまん》ともいえる態度だ。だが、それが竹の塚署流なのかもしれないと、桜井は思っていた。

やがて、班分けが発表され、捜査員たちは、町に散っていった。

3

驚いたことに、桜井が組まされた相手は大橋だった。てっきり本庁のベテランと組まされるものと思っていた。捜査本部では、だいたい本庁の捜査員と所轄の捜査員がペアを組む。また、若い捜査員とベテランが組まされることが多い。それが一番効率がいいやり方なのだ。

今回、本庁からやってきた捜査員が十六名、そのうち、係長と二人の警部補が予備班に回っているから、実働の捜査員は十三名だ。所轄の捜査員は、東京湾臨海署と竹の塚署合わせて二十人だ。幹部となる課長や予備班に回る係長クラスを抜いても十七名いることになる。本庁と所轄でペアを組んでいくと、所轄署の捜査員が若干名あまることになる。その若干名の中に大橋と桜井が含まれていたということだ。

偶然ではないだろうと桜井は思った。班分けをしたのは、係長クラスの予備班だ。そのなかには、安積係長もいる。桜井が大橋と組むことになったのは、おそらく安積係長の何らかの思惑のせいに違いない。

どういう思惑なのかはわからない。旧知の仲なので仕事がやりやすいと考えただけかもしれない。あるいは、大橋の仕事ぶりを観察して参考にしろということなのかもしれない。

桜井は大橋について、足立区内を歩き回った。このあたりは古い建物が多い。小さな町工場があり、開発に取り残されたような商店がたくさん残っている。なにやらなつかしいたたずまいの町並みだ。駄菓子屋が似合う町だ。

問題の印刷工場は、そんな住宅街の中にあった。「竹の塚印刷センター」と名前は立派だが、その実は家内制手工業だ。

主人は、疲れ果てた様子の初老の男だった。作業服のあちらこちらにインクが滲《にじ》んでいる。白髪まじりの髪はぼさぼさだった。

「鈴木《すずき》俊郎《としろう》さんですね？」

大橋が尋ねると、不安げな顔を向けた。

「何だい？」

大橋が警察手帳を出して名乗ると、印刷屋の主人は老眼鏡を下げ、その上から上目遣いに大橋と桜井を見た。

「河原崎孝造さんが亡くなったことはご存じですね？」

「ああ。もちろんだ。あんなやつは、死んで当然だよ」

「借金のことで、もめていたそうですね？」

「たしかに、俺は金を借りていた」

「乱暴な取り立てにあっていたと聞いていますが……？」

「ああいうやつらは、金のためなら何でもする」

「どのくらい借りていたんです？」

鈴木俊郎は、また上目遣いに大橋を睨《にら》んだ。猜疑心《さいぎしん》に凝り固まった目つきだと桜井は思った。誰も信用していないように見える。

「何でそんなことを訊《き》くんだ？　あんたら、殺人事件の捜査をしているんじゃないのか？　俺がいくら借りたかなんて、関係ないじゃないか」

大橋は、鈴木俊郎の抗議にまったく動じなかった。

「関係ないとは言い切れないんですよ。金額によってはそれが動機となる場合があります。いくら借りていたんです？」

鈴木俊郎は、大橋から眼をそらし、おろおろと視線をさまよわせた。そして、吐き出すように言った。

「五百万だ。トイチでな」

「十日で五十万の利子がつくというわけですね」

「そうさ。三ヶ月もすれば、借金は倍になっちまう。元金なんて返す余裕はねえ。毎月、利子を払うだけで精一杯だった。その利子も滞りがちになり、やつはひどい取り立てを始めた。夜中に大声で金を返せと騒ぐ。そのうちに、差し押さえだと言って、家の中からテレビや冷蔵庫を持ち出した。今、俺んちにはテレビも冷蔵庫もないんだ。あんなもん、たいした金になりはしない。要するに嫌がらせなんだ。こっちが精神的に参るのを待っていたんだ。生命保険に入れと言われたこともある」

「それで、警察に訴えたというわけですね」

「俺は金を借りたが、返す意志がないわけじゃない。五百万でトイチてえのは、たしかに無茶な金額だ。それはわかっている。だがな、ああいうやつから借りるしかなかったんだ。銀行は金を貸しちゃくれない。資金繰りがつかねえんだ」

桜井は、この鈴木俊郎に同情していた。彼は何も悪いことはしていない。昔と同じく仕事を続けているだけだ。変わったのは彼ではない。世の中のほうだ。バブルがはじけて、銀行が中小企業に金を貸さなくなった。ただそれだけのことなのだ。悪いのはすべて銀行だ。バブルに踊り、野放図に融資をして不良債権を増やした。その後始末に血税を使い、中小企業は見殺しだ。桜井は、怒りすら覚えた。

大橋は、まったく態度を変えなかった。どこか皮肉っぽい口調で言った。

「河原崎さんは、どこから融資を受けていたんでしょうね。元手がなければ金貸しはできない。そのためには融資を受ける必要がある」

「昔、システム金融なんて呼ばれ方をしていた金融業者がバックについていたみたいだな。その金融業者に融資しているのは、大手の銀行だ。結局、私ら、銀行に殺されるんだ」

「殺される?」

「このままじゃ、俺たちは一家心中だよ」

桜井は、鈴木俊郎の眉間《みけん》に深く刻まれたしわを見つめた。その疲れ果てた様子が哀れだった。

大橋は尋ねた。

「河原崎さんが死んでよかったというわけですか?」

鈴木は、ひどく不機嫌そうな顔になった。

「言いたいことはわかるよ。だがな、俺だってばかじゃない。河原崎のやつを殺したって債務がなくなるわけじゃない。誰かがその債権を手に入れて、俺のところにやってくる。そんなことくらいはわかっている」

大橋はうなずいた。

「最後に河原崎さんに会ったのはいつのことです?」

「そうだな……。ちょうど一週間前のことだ。水曜日だよ。まめに取り立てにやってきていたが、しばらく姿が見えないんで、どうしたんだろうと思っていた」

「一週間前」

大橋は言った。「河原崎さんは、ここに訪ねてきたわけですね?」

「そうだよ」

「あなたは、河原崎さんの自宅や職場をご存じですか?」

鈴木はかぶりを振った。

「知る必要なんてなかった」

「金を借りたんでしょう?」

「ある日、ファックスで広告が流れてきた。即日、五百万まで融資するという広告だ。電話するだけでよかった。やつは、こっちのことを調査済みだったんだ。足元を見られていたのは充分に承知していた。そんなエセ金融に手を出したら、えらいことになることもわかっていた。だが、他に金を貸してくれるところなんてなかった。借りなきゃ、倒産していた」

「電話をして、融資してもらったのですね？」

「そうだ。携帯電話の番号だった」

大橋は再びうなずいた。それから桜井を見て言った。

「何か訊きたいことはあるか？」

桜井は、かぶりを振った。村雨といるときでも、桜井は質問することはほとんどない。いつも尋問は村雨に任せている。自分の役割は細かくメモを取ることだと思っていた。

大橋は、鈴木に名刺を渡した。

「何か、思い出したことがあったら、連絡をいただきたいのですが……」

「あいつのことなど、思い出したくもねえな」

大橋は間口の狭い作業場をあとにした。桜井は追いつき、言った。

「なんとも、気の毒な話ですね」

「ああ？　何のことだ？」

「鈴木俊郎ですよ。彼らはただ、毎日変わらずに仕事をしていた。なのに、バブルに狂った連中が世の中をおかしくしちまった。彼らはそのあおりを食らったんです」

大橋は、あきれたように桜井を見た。

「おい、刑事がいちいち感情移入していたら、仕事にならないぞ」

「わかっていますよ。でも……」

大橋は皮肉な笑いを浮かべた。

「須田《すだ》チョウの感傷癖が伝染したのか？」

東京湾臨海署の刑事課強行犯係には、部長刑事が二人いる。その一人が村雨で、もう一人は須田三郎《さぶろう》だ。この須田部長刑事はちょっとばかり変わり者だ。刑事としては明らかに太り過ぎで、動きは緩慢だ。そして、たやすく感傷にひたってしまう。被害者に同情し、加害者側の事情にも心を動かされてしまうのだ。そのせいで、彼の知性を疑う者が少なくないのだが、実は、須田の頭の中にはおそろしい量の雑学の知識と奇抜なインスピレーションが同居している。それに、彼はツキに恵まれており、それらが合わさったときに信じがたいような結果を出すことがあるのだ。

「そんなはずないですよ」

桜井は言った。「僕は、ムラチョウと組んでるんですからね」

「そうか。ムラチョウと……」

大橋はそう言っただけだった。

その口調に何か感情が含まれているかどうか、桜井は慎重に分析してみた。結局、わからなかった。

「変わる世の中に対応するのが、商売ってもんだよ」

大橋が言った。

「え……？」

「今の印刷屋のことだ。世の中、勝ち組と負け組にわかれるんだよ」

その口調は冷ややかだった。桜井は何も言わなかった。大橋の言うことは正しい。だが、あまりに冷淡な言い方だと、桜井は思った。

大橋が時計を見た。

「少し早いが、昼飯にしようか」

彼は、桜井の返事を待たずに、商店街のほうに向かった。

東武伊勢崎線の竹ノ塚駅周辺は、けっこう立派な商店街だ。その駅前に団地がある。団地を越えて、線路脇の路地を進んだ。大橋は、紺色の暖簾《のれん》のかかった小料理屋に入っていった。中はカウンター中心の狭い店だ。テーブル席は奥に一つあるだけだ。

カウンターの中に、五十がらみの男がいた。豆絞りの手ぬぐいを鉢巻きにしているところは、一人前の板前の風情だった。彼は、大橋を見るとにこりともせずに、いらっしゃいと言った。

「愛想は悪いが、味がいい店なんだ」

大橋が言った。「夜は飲み屋だが、昼間は昼食だけやってるんだ」

どうやら、大橋の行きつけの店らしかった。

「こういう店があって、うらやましいですよ」

大橋はふんと鼻で笑った。

「台場じゃあなあ……」

「そう。一杯飲むような店がないんですよ。新橋まで出なきゃならない。でも、待機寮に住んでいると、遠くに行く気になれませんからねえ」

「俺が臨海署にいたころなんてもっとひどかった。なあんにもなかったんだ。フジテレビもなかったし、パレットタウンもヴィーナスフォートも、ホテルも何もなかった。船の科学館があるだけだった」

「署の建物だけは変わってませんよ」

「相変わらずあのプレハブみたいな建物なのか」

大橋は、口を歪めて笑った。「すぐにでも、新しい署《ピーエス》を建てるって言ってたのに、なかなか予算がつかねえんだろうなあ。竹の塚署なんてのが、新設されたしな。戸塚署の建て直しがようやく終わったばかりだ」

大橋は、カウンターの中の主人に和食弁当を注文した。それがおすすめなのだそうだ。桜井もそれにした。

店の主人は、てきぱきと二つの弁当を作り、みそ汁を添えて出した。煮物や少しばかりの刺身、出汁《だし》巻き卵、ぶりの照り焼きなどが重にきれいにならんでいる。

桜井は、その弁当を頬張《ほおば》ってなんだかすごく贅沢《ぜいたく》な気分になった。もちろん、大衆酒場の昼食メニューだから、値段が高いわけではない。こうした料理が味わえる街にいることが贅沢な気がしたのだ。ふと、大橋がうらやましいと思った。

東京湾臨海署の管内は、何もかもが新しい。埋め立て地に作られた新しい街なのだから当然だ。新しいだけで、住み心地はひどいものだ。若者が遊ぶ施設しかない。人々がただ通り過ぎていくだけの空虚な街だ。若い桜井ですらそう感じるのだ。

「須田チョウはどうだ？」

飯を食いながら、大橋が尋ねた。

「相変わらずですよ」

「そうだろうな。安積係長も、ムラチョウも変わってないように見えたな」

「変わってませんよ」

「そうか」

「大橋さんは変わりましたね」

大橋は、箸《はし》を止めて苦笑した。

「誰だって、竹の塚署なんぞに来りゃ、変わるよ」

「そんなにたいへんですか？」

「一日で嫌になった」

大橋は言った。「一日で、ここは地獄だと思った。三日で辞めようと思った。だが、一週間いると慣れてきた。人間というのはおそろしいものだな。一ヶ月が過ぎると、他の署が退屈そうに見えてきた」

桜井は、思い切って気になっていたことを尋ねてみることにした。

「東京湾臨海署時代はどうでした?」

「どうって?」

「その、今と比べて……」

「あの頃は、刑事になったばかりだったからな。右も左もわからなかった」

「村雨さんと組んでましたよね。どうでした?」

大橋は、桜井のほうを見てにっと笑った。桜井は、心の中を見透かされたような気がした。

「何か問題があるのか、ムラチョウと?」

「いいえ、ありませんよ。そうじゃなくって、大橋さんが、東京湾臨海署時代に何を感じていたのか知りたいんです」

「何を感じていたか、だって?」

「ええ」

「そりゃ、たぶん、おまえが感じていることといっしょだよ」

「いや、僕が知りたいのはですね……」

「そんなことより……」

大橋は、桜井を遮った。「この殺人《コロシ》、どう思う?」

「どう思うって……」

桜井ははぐらかされたような気分だった。「まだ、何もわかりませんよ」

「鈴木の線はねえな」

桜井は驚いた。

「一度話を聞いただけで、結論を出しちゃっていいんですか？」

「俺の読みだと、女の線かな……」

「女？　マリアとかいう……」

「そうだ。おそらく、マリアはまだ久仁枝組と切れてないな」

「どうしてそう思うんです？」

「バックに組がいる店で、デートクラブやってるんだ。当然、薬で縛られているだろう。簡単には離れられないよ」

「なるほどね……」

そういうことは、当然あり得るだろう。確認は取っていないが、おそらく大橋が考えるとおりだろう。大橋はこの街のことをよく知っている。

誰かにそれを話すべきではないかと、桜井は思った。捜査本部の方針がそれで動く可能性もある。大橋の発言がもとで、真犯人の逮捕にこぎ着けられたとしたら、これは手柄になるのではないか。だが、結局桜井はその考えを口に出しはしなかった。

大橋は、一人前の刑事として働いている。その大橋に対して、半人前の自分が意見してはいけないような気がした。桜井は、そっと店の主人の顔をうかがった。もくもくと、手元を見て仕事をしている。大橋が言った。

「その人なら、話を聞かれても心配ないよ」

店の主人が一瞬だけ顔を上げて、大橋をちらりと見た。彼が笑ったように見えた。大橋は、すっかりこの街に馴染んでいる。そう感じた。街に馴染み、竹の塚署に馴染み、刑事の仕事に馴染んでいる。

それに比べて、桜井は仕事にも慣れていないし、台場や青海、有明といった地域にも慣れていないような気がした。安穏とした毎日を送っている自分が、なんだか気恥ずかしかった。


夕刻の捜査会議で、それぞれの捜査員たちが一日の成果を発表する。大橋は、落ち着いて聞き込みの結果を報告した。付け加えることは何もないと桜井は思った。捜査会議での態度もすっかり一人前だ。

不動産屋や、マリア・ハレルを巡るトラブルの件も詳しく報告された。不動産屋が抱える借金は完全に焦げ付いていた。被害者も強硬な取り立てをしたが、向こうもなかなかしたたかで、脅しにも動じない。

被害者の河原崎は、法的な措置を取ろうとしたが、不動産屋も「払う意志」を楯《たて》にとってうまく立ち回り、もめ事は長期化していた。不動産屋の名前は、安田道夫《やすだみちお》。地上げで鳴らしていただけあって、ほとんどヤクザと変わらないという。

マリア・ハレルが働いていた店の関係者を当たっていた捜査員たちがもたらした情報は、桜井を少しばかり興奮させた。彼らの報告は、大橋が推理したとおりのものだった。

マリア・ハレルが店を辞めた後も、その背後には、久仁枝組の影が見え隠れしていたようだ。おそらく、覚醒剤《かくせいざい》を巡る付き合いだろうと捜査員は言った。マリアや彼女の稼ぐ金を巡って、河原崎と久仁枝組がトラブルを起こしたことは充分に考えられる。

「よし。それぞれの班は引き続きそれらの人間関係を追ってくれ」

池谷管理官が言った。

桜井は、大橋が何か言うのではないかと期待していた。大橋は、鈴木の線はないと言っていた。彼は、マリア・ハレルを巡る久仁枝組が本命だと考えているのだ。なのに、引き続き鈴木の線を捜査しなければならない。

大橋は、捜査資料を見つめている。結局何も言わなかった。

捜査会議が終わり、大橋は鈴木のことを洗うために再び夜の街に聞き込みに出るという。

桜井は、驚いた。

「だって、大橋さん、鈴木は犯人じゃないと考えているんでしょう?」

「そう。鈴木には人を殺す度胸はない」

「ならば、これ以上何を調べようというのです?」

「調べることはいろいろあるさ。家族構成だとか、交友関係だとか……。鈴木本人は殺す度胸はなくても、家族に跳ねっ返りがいるかもしれない。それに、債権関係のことも調べる必要があるだろう。河原崎が死んで、鈴木に対する債権が誰のものになったのか……」

「でも、本命は久仁枝組だと思っているのでしょう?」

「そう読んでいる」

「だったら、そっちの捜査に力を入れるべきじゃないですか?」

「そちらは別の担当者がいる」

「でも……」

「鈴木がシロだと証明することも、立派な刑事の仕事だ。そうだろう」

「はあ……」

「さ、聞き込みに行くぞ」

結局、桜井は大橋に付いて午前零時近くまで聞き込みを続けた。柔道場に敷きつめられた蒲団《ふとん》の一つに潜り込んだときには、桜井はくたくたに疲れ果てていた。

徒労と知っているから、余計に疲れた。刑事は獲物を追っているときが一番充実感を覚える。捕り物が近いということが実感できれば、疲れも忘れる。だが、大橋がやろうとしていることは、捕り物とは無縁の作業だ。

知らずにそれをやっているのならしかたがない。だが、大橋は鈴木が犯人ではないと考えている。それなのに、鈴木の捜査を続けようという。捜査本部の指示に従うのは当然だ。しかし、捜査方針に対して意見くらいは言うべきだろう。桜井はそんなことを考えているうちに、眠りについた。

「鈴木さんも、極道な息子を持って、ほんと、たいへんだよね」

ふと、そんな言葉を洩《も》らしたのは、「竹の塚印刷センター」の近くの、酒屋の主人だった。

桜井と大橋は近所の聞き込みを続けていた。その酒屋の主人に話を聞いたのは、鈴木に会ってから三日目のことだ。桜井は、思わず大橋の顔を見たが、大橋の表情は変わらなかった。大橋はさりげなく言った。

「鈴木さんの息子ね……。何てったっけ？」

「雄一《ゆういち》だ」

「グレてたんだ？」

「中学の頃から悪くてね。今じゃ、いっぱしのヤクザ者だよ」

桜井は、ノートをめくった。鈴木の家族構成については地域課から情報をもらっていた。たしかに、雄一、二十三歳と記されている。だが、それがどんな仕事をしているのかは書かれていなかった。

大橋は、世間話の口調で尋ねる。

「いっぱしのヤクザね……。どこかの組に関係してるんだろうか？」

「坂東連合だよ」

酒屋の主人は、顔をしかめて言った。

「坂東連合の久仁枝組という組に入ってるんだよ」

「へえ……」

それからは芋蔓《いもづる》式に情報が手に入った。鈴木俊郎の息子、雄一はたしかに久仁枝組の構成員として名を連ねていた。久仁枝組といえば、マリア・ハレルが働いていたクラブのバックについている暴力団だ。桜井は、意外な展開に戸惑っていた。久仁枝組と鈴木俊郎がつながってしまったのだ。

その夜の捜査会議では、さらに展開があった。不動産屋の安田道夫を調べていた捜査員たちは、やはり安田と久仁枝組の関係を洗い出していたのだ。安田は、バブル時代の地上げの際に、久仁枝組を使っていたらしい。

これで、印刷屋の鈴木俊郎と不動産屋の安田道夫の双方が久仁枝組とつながっていることがわかった。鈴木俊郎と安田道夫は、被害者に多額の借金があった。そして、その久仁枝組は、マリア・ハレルの件で被害者ともめていた。

これだけの事実が重なれば、桜井にも事件の構図が見えてくる。つまり、三者の共謀ということだ。

捜査本部の雰囲気は一気に高揚した。慎重に証拠固めを進め、鈴木俊郎、鈴木雄一、安田道夫を任意で引っぱった。こうなれば、時間の問題だ。誰かがしゃべれば全員の逮捕状が取れる。

意外なことに、落ちたのはヤクザの鈴木雄一だった。

三人は、逮捕された。そして、三人ともほどなく罪を認めた。殺人を実行したのは、鈴木雄一だった。顔見知りだった河原崎を呼び出し、睡眠薬入りの酒を飲ませて眠らせてから絞殺し、遺体を東京湾に捨てたのだった。雄一は、別に父親のためにやったわけではない、金のためだとうそぶいたそうだ。

捜査本部では、犯人逮捕後の膨大な書類書きが手分けして行われていた。

桜井は、書類作成の手を止めて、大橋に言った。

「落ちたのは、鈴木雄一だったそうですね。普段、度胸だ男気だと言っているヤクザが、いざというときにはだらしがないということですかね」

大橋は、手元を見つめたままこたえた。

「損得勘定さ」

「損得勘定?」

「ヤクザ者は、警察がどれくらい厳しいかよく知っている。抵抗するだけ無駄だということを知っているんだ。実行犯はやつだ。洗いざらいしゃべらなければ、一人で罪をかぶる恐れがあった」

「なるほど……」

桜井は書類仕事に戻りかけて、また顔を上げて言った。「それにしても、意外な展開でしたね。こういうの予想してました?」

「いいや。俺は、あくまで久仁枝組が本命だと思っていただけだ」

「僕、考えていたんですよ。鈴木のことをあれこれ調べるのは、労力の無駄なんじゃないかってね」

「捜査に無駄なことなんてありゃしないさ。どんな情報でも参考になる」

「大橋さん、なんか、すっかり立派な刑事になっちゃって……。なんだか、気後れしちまうな……」

大橋が顔を上げた。そして、笑顔を見せた。それは東京湾臨海署時代の大橋の、はにかんだような笑顔だった。

「実はな、今回は入れ込んでいたんだ」

「入れ込んでいた？」

「そう。安積係長と、ムラチョウが来てたからな。いいとこ見せようと思ってたんだ」

「なら、もっと目立たなきゃ……」

「それは違うよ」

「どういうことです？」

「俺が何か目立つことをやったら、ムラチョウは俺のことを半人前だと思っただろうな」

「スタンドプレーだということですか？」

「そう。刑事の仕事っていうのは、とにかくこつこつやることだ。それを教えてくれたのは、ムラチョウだ。あの人には、徹底的に仕込まれたよ。だから、ここでもっとまるんだ。

あの人は軍曹みたいなもんだ。俺をこんな最前線でも立派に戦える兵隊に育ててくれたというわけだ」

「たしかに、このあたりは最前線かもしれませんね」

「おまえ、ムラチョウと組んでるんだろう？　あの人は損な人でな。いっしょにいるときは、絶対に感謝されない。だが、離れてみるとありがたみがわかるんだ」

桜井は、大橋の言うことがよく理解できた。たしかに村雨は損な人柄かもしれない。どちらかといえば、陰気な感じがして、人付き合いがあまりよくなさそうに見える。仕事に関してはチェックが厳しい。だが、間違ったことは言わない人だ。

「僕も、その点はわかっているつもりです」

「実を言うとな、安積班から一人だけ異動になったときには、ちょっと落ち込んだんだ。なんで、俺だけ外されるんだろうってな。だけど、そんとき、ムラチョウが俺に言ったんだ。おい、巣立ちだ、めでたいなってな。その一言で、やる気が出たよ」

桜井はうなずいた。

いずれ、自分もその一言を言われるときが来るのだろうと思った。

送検が済み、捜査本部は解散した。わずか一週間に満たない短期の捜査本部だった。

桜井は、安積、村雨とともに竹の塚署を後にしようとしていた。刑事課を通るとき、大橋の姿が見えた。

大橋は、電話を片手に大忙しの様子だった。桜井たちの一行に気づくと、大橋は離れた場所から礼をした。

安積は、穏やかにほほえんでうなずき返した。大橋はそれ以上の挨拶《あいさつ》は求めていないようだった。あっさりとしたものだ。

村雨がぽつりと言った。

「いい刑事になりましたね」

安積はこたえた。

「ああ。そうだな」

そのやりとりが、なぜか桜井の心に鮮やかな印象を残した。

射殺

1

海からの風が冷たくなった十一月、その男はやってきた。

青い眼をしている。濃いブルーで、陽気な感じはしない。髪は暗い砂色だ。背が高く、誰かがアイルランド系だろうと言っていた。

安積《あずみ》警部補は、どこから誰がやってこようと知ったことではないという気分だった。とにかく、忙しかった。

三日前に、東京湾臨海署管内の水路に死体が浮かんだ。白人の射殺死体だった。

胸に二発、額に一発食らっている。至近距離から撃たれたようだと、鑑識が言っていた。

鑑識の石倉《いしくら》係長は張り切っていた。

弾道検査などやるのは久しぶりだと、不謹慎にも密《ひそ》かに楽しんでいる様子だった。実際、石倉はいい仕事をした。

撃ち込まれたのは三八口径のリボルバーの弾丸であり、線条痕の記録で該当するものがないことを、あっという間に調べだした。

さらに石倉は、プロの仕事だろうと言った。胸の二発はすぐ近くに着弾している。二連射したのだろうと彼は読んでいた。額の一発は、とどめだ。石倉によると、二連射はコンバットシューティングの基本であり、ちゃんと訓練を受けた者の仕業《しわざ》である可能性が高いらしい。

東京湾臨海署に捜査本部ができて、強行犯係全員が吸い上げられた。安積も参加しなければならなくなった。

会議室に電話とパソコンが持ち込まれ、柔道場が、簡易の宿泊所となる。

本庁から二つの班が乗り込んできた。こちらもそれなりに人数を揃《そろ》えなければならない。

初動捜査の段階で、銃声を聞いたという情報が得られた。

それが晴海《はるみ》だったので、月島《つきしま》署からの応援も得られることになった。晴海は月島署の管内だ。榊原《さかきばら》課長は、ほっとした様子だった。

所帯の小さい東京湾臨海署だけで、二十人以上の人手を割くのは厳しい。

捜査本部ができるとすぐに問題が持ち上がった。

銃声を聞いたという情報が、月島署管内であったというのなら、犯行現場は月島署管内と考えられる。だったら、捜査本部は月島署に置くべきではないかと言いだしたやつがいた。

本庁の捜査員だ。役人面をした三十代の男だ。

もしかしたら、村雨《むらさめ》あたりは同意見なのではないかと安積は思った。

いくら杓子定規《しゃくしじょうぎ》の村雨でも、捜査本部ができてしまってからそんなことを言いだすほど石頭ではない。

少なくとも、安積はそう信じたいと思っていた。

東京湾臨海署員が死体《ロク》を引き揚げたのだ。冷たい水の中からふやけたドザエモンを引き揚げるのを、喜ぶやつはいない。

検視から司法解剖の手配、鑑識その他、面倒なことは全部東京湾臨海署が引き受けたのだ。

今さら文句は言わせない。ごちゃごちゃ言うのなら、捜査本部ごとそっくりノシを付けてくれてやる。安積は心の中でそんなことをつぶやいていた。

忙しいせいか、虫の居所が悪い。

捜査本部主任官をつとめる池谷《いけたに》管理官が、その場を収めた。

機動捜査隊に続いて、真っ先に駆けつけた所轄署が東京湾臨海署であり、遺体も同署の管内に引き揚げられた。

銃声を聞いたという情報はその後得られたのであり、やはり初動捜査で先陣を切った東京湾臨海署に捜査本部を置くべきではないか。

池谷管理官はそう言った。

それを聞いて、安積が多少気分をよくした日の午後、アメリカからの客が捜査本部にやってきたのだった。

その男は、ロサンゼルス警察の捜査官だという。気取った警察庁の若者が付き添っており、彼はロサンゼルス警察のことをLAPDと言った。

警察庁の若い役人が何と名乗ったかは、忘れてしまった。安積は名前を覚える気などなかった。ただ、階級だけは頭に残った。

安積より一回りも若そうなその男は警部だった。

LAPDから来た捜査員の名は、アンディー・ウッド。階級はルーテナントだと言った。つまり、警部補だ。

警察庁の若い警部の話によると、アンディー・ウッドは、麻薬取引に絡む抗争事件を追っていたそうだ。

サム・ベイカーという男が、組織の金を着服していたことが発覚し、その一派が粛清された。サム・ベイカーは国外に逃亡したが、殺し屋がそれを追った形跡があった。

追跡捜査の結果、サム・ベイカーは日本にやってきたことがわかった。白人男性が日本で射殺されたと知り、確認にやってきたのだという。

アンディー・ウッドは、先日水路から引き揚げた射殺死体を見て、サム・ベイカーだと確認した。

「アンディー・ウッド警部補が、今回の捜査に参加することになった」

池谷管理官が言った。「誰かと組んでもらう」

池谷管理官は、捜査本部内を見回した。

安積は他人事《ひとごと》だと思っていた。英語に堪能《たんのう》な本庁の刑事あたりと組むのが順当だ。

「安積君」

池谷管理官に名前を呼ばれて、安積は驚いて顔を上げた。

「君が組んでくれ」

悪い冗談かと思った。

「私は、英語が苦手です」

安積がそう言うと、アンディー・ウッドはにこりともせずに言った。

「心配ない」

日本語だった。「私は日本語が話せる。だから、私が派遣された」

ほとんど訛《なまり》のない完璧《かんぺき》すぎるくらいに見事な日本語だ。

「そういうことだ」

警察庁の若い警部が言った。「だから、言葉の心配はない。本来ならば、私が付き合ってもいいのだが、何かと忙しくてな」

それはこちらにとって好都合だと安積は思った。

警察庁のキャリアが現場をうろついても、ろくなことはない。気は進まなかったが、管理官の指示に逆らうわけにもいかない。安積は言った。

「わかりました」

安積は、青い眼の捜査員と組んで捜査に当たることになった。

隣にすわっていた須田《すだ》が、安積にそっと言った。

「なんだか、無愛想なやつですね」

「その点では、私も彼に負けていないと思う」

「チョウさんは、そんなことありませんよ」

「おまえにそう言われると、安心するよ」

須田はなぜかちょっと傷ついたような表情になり、言った。

「本当ですよ、チョウさん」


アンディー・ウッドの情報によると、組織が雇った殺し屋の犯行である可能性が強いという。

アンディー・ウッドが手がけている麻薬組織は、強大で広範囲に影響力を持っている。いくらでも腕のいい殺し屋を雇うことができるのだという。

「プロの殺し屋なら、逮捕しても口を割らないんじゃないのか?」

安積はウッドに尋ねた。「雇い主をしゃべったりしたら、今度は自分が組織から追われるはめになる」

二人は、昼飯を食いに近くのファストフードの店にやってきていた。ウッドは、安積のほうを見ずに言った。

「とにかく、見つけることだ」

彼はこの世の災難をすべて一人で背負い込んでいるような顔つきをしている。

「見つけさえすればやりようはいくらでもある」

「参考のために教えてくれないか？　どういうやり方があるのか」

ウッドは、ホットドッグにかぶりつき、店内から歩道を眺めながらゆっくりと咀嚼《そしゃく》した。コーヒーで口の中のものを飲み下すと、ようやくこたえた。

「日本の警察と変わらないだろう。逮捕できれば、取引に持ち込むこともできる。司法取引だ」

「日本の警察は取引をしない」

ウッドは、この店に入って初めて安積のほうを見た。信じられないものを見るような目つきだった。

「それでよく証言が得られるな」

「日本は、プロの犯罪者が少ない。組織犯罪は厳しく警察がマークしている」

ウッドは、しばらく濃い青い眼で安積をみつめていた。安積が嘘《うそ》を言っているのではないかと疑っている眼だ。

やがて、また眼をそらして外を眺めると言った。

「とにかくサム・ベイカーを殺したやつを見つけることが先決だ。抗争事件を放っておいたら、組織に警察がなめられる。やつらに好き勝手をやらせないことが重要なんだ」

「口を割らせる自信があるんだな？」

「見つけたら、その場で射殺したっていい」

「日本の警察はそういうやり方をしない」

ウッドは、かすかに皮肉な笑みを浮かべた。

「なるほど、日本の警察があまりプロを相手にしていないというのは、本当のようだな」

「どういう意味だ？」

「撃たなければ、こっちがやられる。そういうこともある。おそらく今回の相手がそうだ」

安積は、相手の言い分が面白くなかった。

「日本にいる限りは、日本の警察のやり方に従ってもらう」

「私は誰のやり方にも従わない。私のやり方でやる」

「地元でも一匹狼《おおかみ》というわけか？」

「そうだ。私は一人で捜査することが多い」

「日本ではたいてい二人で行動する」

「ロサンゼルスでもそうだが、私はたいてい一人でやる」

「その結果がそれか？」

「何だって？」

「常に外を気にしている。どこにいても安心できないのだろう」

ウッドは小さく肩をすくめた。

「警察官なら誰だってそうだろう」

アメリカの刑事は誰でも、これほど用心深いというのだろうか。そうとは思えなかった。

ウッドの仕事のやり方の問題だ。

「一つ、訊《き》いていいか?」

「何だ?」

「どうしてそんなに日本語がうまいんだ」

「なんでそんなことが訊きたいんだ?」

「うますぎるんでね」

ウッドは、個人的なことを訊かれるのが好きではないらしい。

「私は日本で生まれたんだ。両親が仕事で日本にいた。五歳までこっちで育った。麻布《あざぶ》に住んでいた」

「日本育ちか。どうりでな……」

ウッドはそれ以上何も言おうとしない。

たしかに安積の問いにはこたえた。だが、それだけだった。そのことについて彼がどう考えているかを語ろうとしない。

だが、想像はついた。子供というのは残酷なものだ。平気で差別をする。幼いウッドはいじめにあっていたのかもしれない。

そして、五歳でアメリカに帰った。だが、そこでもウッドはおそらくよそ者気分だったのだろう。アメリカに馴染《なじ》むまで時間がかかったに違いない。

その結果が、今のウッドだ。誰かと行動をともにするより、単独で動いたほうが気が楽なのだろう。

だが、ウッドを一人にするわけにはいかない。彼が嫌がっても、とことん付き合うしかない。安積はそう思った。

朝、洗面所で顔を洗っていると、速水《はやみ》がやってきて言った。

「妙なのと組んでるんだって?」

安積は、おまえほど妙なやつはいないと言ってやろうかと思った。

「ウッドのことを言ってるのか?」

「ウッドというのか、あの外人さんは」

「ロサンゼルス警察の捜査員だ」

「ドザエモンの件か?」

「そうだ」

「気に入らない面構えをしている」

「おまえに似てるよ」

「そうか。奇遇だな。俺はおまえに似ていると思っていたんだ」

「気に入らない面構えだって?」

「榊原課長が探してたぞ」

「それを早く言え」

「新採用の銃がようやくベイエリア分署にも回ってくるらしい」

安積は、タオルを持ったまま刑事課に向かった。

榊原課長は、良く言えば組織を大切にする上司で、悪く言えば小心者だ。

「私を探していると、速水が言っていましたが……」

「忙しいところ、すまんな。射場へ行ってくれるとありがたいんだが……」

「射場？」

「新採用の拳銃が、東京湾臨海署にも若干回ってくることになった。試し撃ちをしてほしいんだ」

安積は驚いた。

「試し撃ち？　何のために……」

「上からのお達しでね。使用した感想を書類にして提出しなければならない」

「その書類も、私が作成するんですか？」

「それは私がやる。感想を聞かせてくれればいいんだ」

「帳場で手一杯ですよ」

「わかっている。捜査本部の副本部長は署長だろう？　話しておくから……」

これも断れない。安積は、射場に行くことにした。ウッドにそれを伝えると、いっしょに行くと言いだした。

「日本の警察が、どんな銃を採用したのか興味があるな」

射場へ行くと、総務の連中が拳銃を用意していた。

それを見たウッドは目を丸くした。

「シグP230……」

それを聞いた総務課の係員は、自慢げに言った。

「そうです。SIG・P230。シグは信頼性の高い銃で、しかも、普通のシグのシリーズはトリガーセイフティーですが、このタイプには、マニュアル・セイフティーが付いて、より安全になっています」

つまり、ほかのモデルは、引き金を引くだけで安全装置が外れて発射できるが、このタイプには安全装置のレバーがついているということだ。

ウッドは、溜《た》め息《いき》をついてかぶりを振った。

「本気でこんなものを採用しようというのか?」

総務課の係員の笑顔がひきつった。

「どういうことです?」

「トリガーセイフティーは、いざというときに、すぐに撃てるという利点がある。それを犠牲にして安全性を高めたんだ。つまり、アマチュアの持つ銃だ。口径も三二ACP。主流の九ミリ・パラベラムよりずっと小さい。三八〇ACPのクルツよりも小さいんだ。豆鉄砲だよ」

豆鉄砲と言われて、総務課の係員は明らかに傷ついた様子だった。

安積は言った。

「早く用事を済ませよう」

イヤーマフをつけて、シューティングレンジに立ち、マガジンを装填《そうてん》した。ちょっとマガジンがひっかかるような感じがした。

スライドストップを外して構える。手が小さい日本人には手頃な大きさだ。

ターゲットに向かって、撃った。

たしかに反動はそれほど強くない。三八口径のリボルバーよりもずっと跳ね返りが軽い。

マガジンは八発入りだということだが、六発しか入っていなかった。安積は、たちまち撃ち尽くした。スライドのオープンを確認して、マガジンを取り出す。

安積はイヤーマフを外した。

「別に悪くないよ」

本音だった。可もなく不可もなくだ。

「悪くないだって？」

ウッドがあきれた様子で言った。「本当のことを言ってやったらどうだ？　こんな銃じゃ、現場の人間は命がいくつあっても足りないって」

「アメリカとは違うんだ」

安積は総務課の係員に言った。「使いやすい銃だよ」

ウッドは、なぜか腹を立てた様子だった。

「いいか？　これが警察官の持つべき銃だ」

彼は、脇《わき》のホルスターから一回り大きな自動拳銃を取り出した。「ベレッタM8045。四五口径だ」

ウッドはレンジに立った。安積はあわててイヤーマフをつけた。

ウッドが、いきなり撃ちはじめた。すさまじい音が響く。イヤーマフをしていても、明らかに安積が撃った銃と音が違うのがわかる。そして、あっという間に、八発を撃ち尽くしていた。

ターゲットには、安積が撃った弾よりも明らかに大きな穴があいている。しかもそれが、ターゲットの中心近くに集中していた。

ウッドはからになったマガジンを取り出し、スライドを閉じた。振り返ると言った。

「私は、こういう銃しか信じない。私の身を守るために、この威力が必要だからだ。突進してくる敵を一発で止めるには、最低でも九ミリ・パラベラム弾が必要だ。それなのに、三二ACPだと？　世界中でこんな銃を制式採用している警察は、日本だけだ」

安積は言った。

「アメリカとは違うと言っただろう。日本の警察官はめったに銃を撃つことがない。撃ったとしても威嚇射撃が多い」

「威嚇射撃？」

ウッドはまた天を仰いだ。「自殺行為だ。銃は相手を撃つためにある。撃たなければ撃たれる」

「日本には、アメリカほど銃があふれているわけじゃない」

「だから、警官がナイフで殺されたりするんだ」

安積は、ウッドを見据えた。八月に起きた世田谷区太子堂《せたがやたいしどう》の事件を知っているのだ。ナイフ男に対し、地域課の係長が職務質問しようと近づいた。ナイフで襲われた係長は、拳銃で五発撃ち、犯人を射殺したが、結局自分も殉職した。

苦いものが安積の胸を満たしはじめた。

ウッドはさらに言った。

「四月にも愚かな事件が起きている。宇都宮でのことだ。散弾銃を持った男を、警官が取り押さえようとして撃たれた。その警官は死亡した。銃を持っている相手をどうして取り押さえようとする。日本の警察官は何のために銃を持っている？」

「警察官職務執行法というものがある。正当防衛か緊急避難の場合をのぞいては、警察官は銃などの武器で人に危害を加えてはならないと決められているんだ」

「法律家が街に出て犯人と戦うわけじゃない。法律家は、安全な場所にいて理屈をこねるだけだ。だが、私たちは撃ってくる犯人と常に対決している」

「私たちは、犯罪者と戦っているわけでもなければ対決しているわけでもない。犯罪者は法に則《のっと》って検挙するだけだ」

ウッドは、議論をあきらめたようだ。

「話にならん。そんなふやけた警察とは付き合ってはいられない」

ウッドが出ていこうとした。

「待て。どこへ行く」

「私は私のやり方でやると言っただろう」

「冗談じゃない。勝手なまねはさせない」

ウッドは、射場を出ていった。

安積は、茫然《ぼうぜん》と立ち尽くしている総務課の係員に言った。

「私は悪くない銃だと思った。だが、アメリカ人は豆鉄砲だと言った。そう課長に伝えてくれ」

安積は、相手の返事を聞かぬうちに、ウッドを追って、出口へ駆けだしていた。

2

キッドはただキッドとだけ呼ばれていた。幾つもの名前を持っていて、場合によって使い分けるが、今はただのキッドだ。

本当の名前が何だったか、ときどき自分でもわからなくなるような気がする。

コカインの影響もあるかもしれない。

キッドを知る者は、みな彼のことをクレイジーだと言った。

キッドは、それを褒《ほ》め言葉だと思っていた。誰もが、自分を恐れているのだと感じる。

日本に拳銃を持ち込むのは不可能だと誰もが言った。だが、そんなことはなかった。

あっさりとエックス線の防犯装置も、税関も通り抜けた。

キッドは、さまざまな人脈の一つを利用した。ミュージシャンの知り合いが日本に来るのに便乗したのだ。

ギターや、アンプ、イフェクター類の中に、ばらばらにした拳銃を隠しておいた。他人の拳銃では仕事をする気はしない。

仕事は簡単だった。

東京湾のそばのホテルに滞在しているベイカーに電話をした。仲間の名前を使って、人《ひと》気《け》のない港湾地区に呼び出し、胸に二発撃ち込み、倒れたベイカーに近づいて頭にとどめを刺した。

ベイカーがあっさり誘い出された理由は簡単だった。ベイカーと日本で落ち合うことになっていたやつから、そのことを聞き出したのだ。そいつは今ロサンゼルス丘陵地帯の天文台に近い林の中で冷たくなっている。

キッドは、今、ベイカーが泊まっていたホテルに宿泊している。

そうやって、仕事の余韻に浸っているのだ。部屋からは、東京湾の美しい明かりが見えている。

机の上には、かみそりでいくつもの筋に並べられたコカインの粉末がある。キッドは、さきほどから一筋ずつ、丸めた一ドル札を使って鼻から吸引していた。

安らぎと高揚感。

怖いものは何もなかった。

このホテルは、ベイカーの死体が揚がったところのすぐ近くだ。そこに堂々と居座っていることに、満足と誇りを感じる。

プロの殺し屋としては、異色かもしれないと、自分でも思う。ほかのプロはもっと神経質だ。

びくびくと用心深く、暗い顔をしている。だが、そんな彼らも、仕事を終えると、一度は現場に戻ってきてしまう。

ことの成り行きを確かめたくなるのだ。そういうときが一番危ないとキッドは思う。どうせなら、堂々と現場のそばにいたほうがいい。

コカインに関してもそうだ。

雇い主の中には、キッドがコカインをやることをよく思わない者もいる。殺し屋というのは、禁欲的だという幻想があるのだろう。

他人の幻想など知ったことではない。

キッドは腕のいいシューターだ。行動は大胆で、今まで検挙されたことは一度もない。

大胆だからいいのだと、キッドは思っている。

警察の裏をかくことができるのだ。

コカインをやめる気はない。かつて、軍隊にいたが、軍を辞めるはめになったのも、コカインが原因だった。

キッドは、陸軍の特殊部隊にいた。ゲリラ戦から市街戦まで何でもこなす戦いのエキスパートだった。

コカインを覚えなければ、今も軍隊にいたかもしれない。

まっぴらだと思った。

軍なんて辞めてよかった。一流ホテルに、上等のコカイン。軍にいたら、こんな充足感は味わえなかったはずだ。

もちろんただ大胆なだけではない。それではただのばかだとキッドは思う。日本の警察の情報はかなり仕入れていた。

そして、笑い出したくなった。

日本の警察はおそろしく無力だ。おとなしい犯罪者にとっては、その検挙率は脅威かもしれない。

だが、ほとんど銃に頼らないという。キッドにとって敵ではない。

日本の一般市民は銃を持たない。法律で厳しく禁じられているらしい。自衛隊や警察以外で、銃を持っているのは、ヤクザくらいのものだという。

そして、ヤクザも滅多に人に向けて撃つことはないらしい。

なんという安全な国だろうと思う。同時にそれは犯罪者にとっても安全な国だということだ。

日本は犯罪者の天国だ。

しばらく、ここに居座ってもいい。

キッドはそう思った。

金はまだたっぷりある。日本に飽きたら、東南アジアでも回ろうか。金がなくなったら、また組織から仕事を請け負えばいい。

一つだけ気になることがあった。

LAから、アンディー・ウッドが追ってきたという情報を得ていた。

アンディー・ウッド。ワンマン・アーミーだ。たしかに面倒なやつだが、なに、どうということはない。

俺なら、逃げ延びることができるさ。

キッドは心の中でそう独語し、またコカインを一筋吸い込んだ。

窓の外の漆黒にちりばめられた、白、赤、青の光がゆらめきを増した。キッドは、ゆったりと、ソファにもたれた。

アメリカからの客を、柔道場に寝泊まりさせるわけにはいかない。かといって、ホテルに泊める予算もないので、東京湾臨海署の待機寮に泊まってもらうことにした。

それについて、ウッドは不満はなさそうだった。

一人で捜査をすると言いつづけるウッドに、安積はぴったりとついて離れなかった。国内の捜査はあくまで、日本の警察のやり方でやるべきだと考えていた。

会議の最中、ウッドはずっと不機嫌そうだった。おそらく捜査会議というシステムが無駄だと思っているのだろう。

会議が終わると、ウッドはすぐに外に出かけた。安積が同行した。

ウッドはまるで、安積がいないかのように振る舞った。安積も、ウッドに話しかけなかった。彼が何を探しているのかが気になっていた。

署を出ると、突然背後から、野太い排気音が聞こえた。振り返ると、白バイが急停車した。

ヘルメットをかぶり、サングラスをかけているが、すぐに速水だとわかった。やつが白バイに乗っているのは珍しい。

「散歩か、ハンチョウ」

その言葉に、ウッドが眉《まゆ》を顰《ひそ》めるのが見えた。

「おまえこそ、ツーリングにでもでかけようというのか?」

速水は、ウッドを見た。

「それが、アメリカからのお客さんか? まあ、日米の親善につとめてくれ」

速水は、スロットルを開けてエンジンを一度空ぶかしすると、飛び出すように発進した。たちまちその後ろ姿が小さくなっていく。

「何者だ?」

ウッドが、今日初めて安積に話しかけた。

「交通機動隊の小隊長。アメリカで言うとハイウェイパトロールのようなものかな」

ウッドは、速水が走り去った方向をしばらく見やっていた。

速水が何のために声をかけたか、安積にはだいたい想像がついた。縄張りに入り込んだよその犬に、ちょっと吠《ほ》えてみたかったのだ。

その目論見《もくろみ》は、少しばかり功を奏したようだ。ウッドは、速水の存在を認めたように見えた。

速水とウッドはもしかしたら、同類なのかもしれない。安積は密かにそんなことを思っていた。

地取り捜査によって、次第に容疑者の行動範囲が絞られてくる。たしかに、犯行現場は、晴海埠頭のようだ。血痕が見つかった。

深夜になるとほとんど人の姿はなくなる。寒い季節にはなおさらだ。

晴海で射殺し、海に放り込んだ。潮の流れの関係で、死体は台場に流れ着いたというわけだ。

都内のタクシー会社を当たっていた捜査員が、耳寄りな情報を持ち帰った。

事件があったと見られる日の深夜、晴海から銀座まで一人の外国人を乗せたタクシーがあった。

その人相と服装の情報を持ち帰り、さらに銀座付近で聞き込みを重ねた結果、銀座八丁目にあるホテルに宿泊したことがわかった。

安積は、ウッドとともにそのホテルに出かけた。タクシーが乗せた客と服装や人相が一致する外国人を覚えていたフロント係が応対した。笠原《かさはら》という名だった。

安積が、その客の様子を尋ねようとすると、ウッドがジャケットのポケットから写真を取り出して見せた。

「この男か?」

笠原は写真を手にとって仔細《しさい》に眺めた。やがて、彼は言った。

「はい。間違いありません。この写真の人物です」

ウッドはうなずき、写真を回収して内ポケットに収めた。彼は、笠原に尋ねた。

「今も泊まっているのか?」

「いいえ。チェックアウトなさいました」

「いつのことだ?」

「ちょっと待ってください」

笠原は、カウンターの下にあるパソコンのキーを叩《たた》いた。「五日前です」

ウッドは安積を見た。

「事件の報道があったのが、そのころだな」

安積はこたえた。

「その日だ」

ウッドは再び、笠原に尋ねた。

「どこへ行くかは言っていなかったか?」

「何もうかがっておりません」

「まあ、そうだろうな」

ウッドの質問はそれで終わりだった。

ホテルの外に出ると、安積はウッドに言った。

「どういうことだ?」

「何のことだ?」

「写真だ。容疑者の目星がついていたのか?」

「確かな情報じゃなかった」

「だが、情報を得ていた。どうして捜査本部で発表しなかった？」

「言っただろう。確かな情報じゃなかった」

「それでも報告すべきだった」

ウッドは苛立《いらだ》った様子で言った。

「日本の警察を近づけたくなかった」

安積は腹を立てた。

「なぜだ？」

「当てにならないからだ」

「何だって？」

「日本の警察には手に負えない」

「なめないでもらいたいな」

「事実を言っている」

「そいつは何者だ？」

安積はウッドの胸を指差して言った。彼が写真をしまった位置だ。

ウッドは、しばらく安積を見つめていた。値踏みしているような眼差《まなざ》しだ。

やがて、彼は言った。

「通称、キッドと呼ばれている。いくつもの名前を持っている。本名は、マイケル・ショーター」

「プロの殺し屋か？」

「そうだ。だが、まだ逮捕されたことがなく、情報が少ない」

「逮捕されたことがない？」

「手強《てごわ》い相手なんだ」

「ならば、どうして写真を持っている？」

「地道な捜査の結果だ」

安積は、気づいた。

「あんたは、サム・ベイカーの遺体を確認しにやってきたと言った。だが、それは事実じゃない。本当は、そのキッドという男を追ってきたんじゃないのか？」

ウッドは、また安積を見つめた。おそろしいくらいに冷たい眼だった。一切の感情が失《う》せてしまったようだった。

ウッドはその眼差しと同様の、冷ややかな口調で言った。

「そうだ。私は、この三年、キッドをずっと追いつづけている。この写真は軍隊で手に入れた」

「軍隊……？」

「そうだ。キッドは、陸軍の特殊部隊にいた。戦闘のプロだ。やつの本名も、軍で確認した」

「三年前何があった？」

ウッドは眼をそらした。

「この事件には関係ない」

ぴしゃりと表情を閉ざしている。

たしかにこの事件には直接関係ないかもしれない。だが、知っておくべきだと安積は思った。

今は無理でも、いずれ聞き出してやる。

安積は言った。

「とにかく、そのマイケル・ショーター、通称キッドのことを、今夜の捜査会議で報告してもらう」

「日本の警察がキッドに近づくと、殉職者が出るぞ」

「やりようはある」

ウッドはそれ以上何も言わなかった。


捜査会議では、予想どおり不満の声が上がった。

ウッドが、通称キッドのことを告げると、どうして今まで黙っていたと、何人かの捜査員が問いつめた。

ウッドは平然と言った。

「今日、ようやく確認が取れた。それだけのことだ」

本庁の捜査員が言った。

「もっと早く情報をくれれば、捜査は進展していたかもしれない」

「どうせ、君たちの手には負えない」

捜査本部全体に緊張が走った。

一気に険悪なムードになった。

「それはどういう意味だ？」

別の捜査員が声を荒らげた。

「殉職者を出したくなければ、うかつに近づかないことだ」

「何だと……」

若い捜査員が、気色《けしき》ばむ。

「よせ」

一喝したのは、池谷管理官だった。温厚な池谷管理官が大声を出したので、捜査本部内は一瞬にして静まりかえった。

池谷管理官は言った。

「もと陸軍の特殊部隊にいた殺し屋。たしかに物騒なやつだ。それなりの覚悟で臨まなければならないことは確かだ。ウッド捜査員は、慎重だっただけだ。そうだな、安積君？」

突然話を振られて、安積は驚いた。

「そのとおりだと思います」

安積はこたえた。

こいつは、日本の警察をなめているのですよ。そう言ってやりたかったが、火に油を注ぐのもおとなげない。

池谷管理官は、安積に向かってうなずいてから、ウッドを見て言った。

「その写真のコピーを聞き込みに当たる捜査員全員に持たせたい。貸してもらえるかね?」

「かまわんよ」

「そういうことだ。その通称キッドの銀座のホテルまでの足取りはわかった。その後の足取りを追うことが最優先だ。聞き込みに精を出せ。タクシー会社を当たり情報を集めろ。近くのJR、地下鉄の駅の係員に写真を見せて回れ」

捜査員たちは、まだ不満げだったが、とにかく収まりはついた。

須田がまたそっと安積にささやいた。

「チョウさんもたいへんですね」

安積は溜《た》め息《いき》をついただけだった。


ともあれ、容疑者が絞れたことで、捜査は急展開し、マイケル・ショーター、通称キッドの足取りも次第に鮮明になってきた。

どうやら、キッドは台場方面に向かったようだ。東京湾臨海署の目と鼻の先にいるかもしれない。捜査本部の士気は上がった。

ウッドはその様子を冷ややかに眺めていた。

「どうして日本人は群れるのが好きなんだ？」

安積はこたえた。

「警察の一番の武器は組織力だ。個人プレイには限界がある。私はそう思う」

「これはチームプレイとは違う。責任の所在を明らかにしないために、人を集めているだけだ。官僚主義と同じだ」

「そう思いたければ、それでもいい」

捜査会議が終わって、ウッドと安積は聞き込みに出た。台場の中を歩き回る。

「それにしても、ここは何という街だ。まったく生活のにおいがしない」

「初めてあんたと意見が合ったな」

実際、台場というのはおかしな場所だ。人が通り過ぎていくだけの街。街というのは、本来、人の生活が作り上げるものだ。集落が村になり、村が町になる。条件のそろった町は都会になり、その街路は人工的でもどこかかつての村のにおいを残している。

だが、この台場は違う。

最初から人工の街だ。放送局ができてから発展したというのが象徴的だ。虚構の街なのだ。

本来人が集まらぬ場所に、集客の装置だけを置いた。この街を好きになり、ここに住もうと思う者はいないのではないか。安積はいつもそう思う。

東京湾臨海署が作られた当初、台場は何もないところだった。更地と人工の林。船の科学館だけが唯一の施設だった。安積はその頃の台場のほうが好きだった。

これも年を取ったせいかと思う。

「ホテルへ行ってみよう」

ウッドが言った。「キッドはこの街のホテルに宿泊しているかもしれない」

「ホテルはほかの班が当たっている」

「ならば、急いだほうがいい」

ウッドは、日の光を反射している、グランパシフィックメリディアンに向かった。

フロントで、写真を見せたが、「そのようなお客様はお泊まりではございません」と言われた。

さらに二人は、その裏手にあるホテル日航東京を訪ねた。グランパシフィックメリディアンのときと同様のこたえが返ってきた。

ウッドは安積に尋ねた。

「この近くに、別のホテルはあるか?」

「スーペリアホテルがある」

正確に言うと、有明スーペリアホテルだ。

「そこへ行こう」

ウッドに主導権を握られていた。だが、安積は気にしなかった。今のところ、ウッドは日本の警察のやり方を逸脱してはいない。

「歩いて行くには、ちょっと距離がある」

安積が言うと、ウッドは顔をしかめた。

「日本の警察はなぜ車を使わないんだ?」

「パトカーの割り当ては限られている。自家用車を巡回車として使うこともあるが、たいてい電車を使う」

「犯人が車で逃走したときはどうするんだ」

「無線がある。そういうときこそ、あの速水のようなやつの出番だ」

「ここからどうやってそのホテルに行くつもりだ?」

「電車がある」

臨海副都心線で一駅だ。ウッドは苦い顔でうなずいた。

ロサンゼルスでは、車なしでは生活できない。ウッドは常に車で移動していたのだろう。車を持っていると、駐車する場所に難儀する東京の事情を知らないのだ。

有明スーペリアホテルのフロントで写真を見せると、上品な女性のフロント係が、じっと写真を見つめた。

「ええ。たしかに、この方は当ホテルにお泊まりですが……」

「ビンゴだ」

ウッドが言った。安積は携帯電話を取り出し、捜査本部に連絡を取った。

4

キッドは、外の様子を見ようとロビーまで降りたところだった。

フロントの近くに知っている顔を見つけて、反射的に身を隠した。

ウッドだ。いっしょにいるのは、おそらく日本の警察官だろう。

キッドは、笑みを浮かべていた。ベルトの腹のあたりに差し込んであるリボルバーの固さを意識した。

意外と早かったな。さすがにウッドだ。

キッドは、堂々とロビーを歩きだした。客にまじって、さりげない態度で出口に向かう。

視界の隅に、常にウッドと日本の警官を捉《とら》えている。

ウッドがこちらを見た。

背筋がぞくぞくとした。この緊張感がたまらない。

ウッドが日本の警官に何か言って、こちらに走りだした。

キッドは、さっと振り向いた。その手にはリボルバーが握られている。ウッドに向けて迷わず撃った。

すさまじい発砲音がホテルのロビーに轟《とどろ》く。一般客が電気に触れたように、飛び上がった。だが、床に伏せたのはウッドと日本の警官だけだった。

ウッドが拳銃を取り出すのが見えた。だが、彼には撃てないのはわかっていた。周りに一般市民がいる。しかも、彼らは床に伏せもせず、突っ立っているのだ。

女たちは悲鳴を上げてパニックに陥っている。男たちは、どうしていいかわからない様子だ。

それが、キッドの楯《たて》になってくれる。日本というのはいい国だ。

キッドはさらに一発、ウッドに向けて撃った。どちらもウッドには当たらない。わざと外したのだ。ここで射殺してしまっては、これからのゲームを楽しめない。

ウッドの足を止めておいて、エスカレーターを駆け下り、ホテルの下のショッピング街に駆け込んだ。

瀟洒《しょうしゃ》な店が並んでいる。キッドは、拳銃をベルトに差し、コートでそれを隠した。能天気な顔でそぞろ歩く女性たちにまじって、歩を緩めた。

どうした。早く追ってこい。

キッドは背後を見た。

ウッドが拳銃を片手に、ショッピングの客をかき分けるようにして、迫ってくる。その後ろについてくる日本人の警官は、携帯電話でしきりに何かを話している。

ここを包囲しようというのだろうな。だが、俺の撤退戦を阻止できるかな。

キッドは通路を曲がり、さらに下の階に行った。その階には、飲食店が並んでいる。

出口に向かったように見せかけ、ハンバーガーショップに入り、戸口の脇に身を隠して様子をうかがった。

頭に血が上っているだろう、ウッド。

キッドは、余裕の笑みを浮かべる。

あまり熱くなると、命を落とすぞ。


「銃をしまえ」

安積は、ホテルのロビーでウッドに言った。だが、ウッドは拳銃を右手に握ったままだった。

「そっちこそ、なんで銃を抜かない」

ウッドは、伏せたままキッドの行方を眼で追っていた。

「銃は持ってきていない」

ウッドは英語で罵《のの》りの言葉を吐いた。

「だから、日本の警察は信用できないんだ」

キッドは、角を曲がった。ウッドは跳ね起きて駆けだした。

「待て。応援を待つんだ。もうじき、仲間が駆けつける」

「何をのんびりしたことを言ってるんだ。逃げられるぞ」

走りながらウッドが怒鳴る。

「逃げられやしない」

安積は携帯電話を取り出した。捜査本部に現在の状況を説明する。警官隊の手配をしているということだ。

パトカーのサイレンがかすかに聞こえてきた。

ウッドはエスカレーターを駆け下りていく。キッドの後ろ姿が見えたのだ。ウッドは、エネルギーの固まりだった。憤怒の表情だ。

「警官をうかつに近づけるなと言え」

ウッドは言った。「でないと、撃たれるぞ」

安積は息が上がってきた。

情けない。ウッドの鍛え方を見習うべきだ。せめてジョギングを始めよう。

「心配するな。充分に警戒している」

エスカレーターを降りたところは二階だった。ショッピング街だ。キッドの後ろ姿が見える。彼は、走るのをやめていた。落ち着いた足取りで歩いている。

振り返ったその顔は笑っているように見えた。

ウッドが拳銃を手にしたまま、猛然と突進する。安積はその後をついていくのがやっとだった。

電話が鳴った。須田だった。

「チョウさん。今どこです？」

「ホテルの下の商店街だ。キッドを追っている。おまえはどこにいる」

「一階の出口を固めています。じきに警備課が二班、到着します」

「機動隊は要請したか?」

「手配済みです」

「キッドが角を曲がった。一階に向かうようだ。また、連絡する」

安積は電話を切り、ウッドに遅れまいと必死で走った。

キッドがさらに下の階に進んだ。一階は飲食店街だ。キッドは出口に向かうはずだ。警備課の警官隊は間に合うだろうか。

ウッドは、出入り口に向かった。安積も疑わずそれに従った。

ハンバーガーショップの店先を通り過ぎようとしたとき、「ヘイ」という声を聞いた。

ウッドが立ち止まった。

安積はたたらを踏み、振り返った。

キッドが銃をこちらに向けて立っていた。彼の姿勢と表情はリラックスして見えた。顔には薄笑いさえ浮かんでいる。

英語で銃を捨てろと言った。

ウッドの歯ぎしりが聞こえる。彼はキッドを見据えたまま、安積に言った。

「あんたが銃を持ってこないからこういうことになる」

「持っていても、この状況じゃどうしようもない」

「キッドだって二人を同時に撃つことはできない」

「どちらかが撃たれるというのは、認めがたいな」

キッドが、さきほどより語気を荒くして、同じ言葉を繰り返した。

ウッドは、自慢の銃を床に捨てた。

一般客が我先に逃げ出すのが見える。足をもつれさせて転んだ若い男がいた。ハンバーガーショップの店員は、カウンターの向こうに隠れているのか姿が見えない。

あっというまに周囲は無人になった。

キッドが軽く銃を振って、手を挙げて先に歩けと言った。従うしかなかった。

安積はウッドと並んで歩きはじめた。安積は両手を肩のあたりにかかげ、ウッドは頭の後ろで組んでいた。

出口を出ると、冷たく澄み渡った冬の青空が見えた。まぶしい。

周りには、見慣れた顔がある。須田をはじめとする強行犯係の連中。そして、捜査本部の何人か。

彼らは凍り付いたように動かない。

「だから、見つけたときに射殺すればよかったんだ」

ウッドが言った。

「ホテルのロビーでか?」

「何の問題がある?」

「一般市民を巻きぞえにする危険があるだろう」

「俺はそんなへまはしない。あんたが止めさえしなければ……」

しゃべるなというキッドの声が背後から聞こえた。続いて、キッドが何事か言った。早口の英語だったので、安積は聞き取れなかった。ウッドが通訳してくれた。

「あんたに、パトカーを運転しろと言っている」

「そんなことをしても無駄だと言ってやれ」

「死にたいのか？　余計なことを言わないほうがいい」

安積とウッドは、車道に駐車しているパトカーに向かわねばならなかった。

キッドを車に乗せてしまうと面倒なことになる。移動手段と人質の両方を与えることになるのだ。彼には、人質は二人はいらない。どちらかは殺されるかもしれない。

パトカーまで、あと数メートルだ。何か方法はないか。安積は必死で考えた。だが、こういう場合、対処する方法などない。とりあえず、犯人の言いなりになるしかない。

そのとき、聞き覚えのある野太い排気音が聞こえた。

安積は、素早く周囲を見回した。

ぎょっとした。歩道をバイクが疾走してくる。白バイだ。バイクはこちらにまっすぐ突っ込んでくる。

キッドが何事か叫んだ。

拳銃を白バイに向ける。

安積はあまりのことに、とっさに反応できなかった。その場に立ち尽くしていた。ウッドも似たようなものだ。

だが、やはりウッドのほうが先に行動した。歩道に転がったのだ。安積もそれにならった。

拳銃を向けられた白バイは、前輪を持ち上げたまま疾走してくる。ウイリーというやつだ。

キッドが撃った。乾いた発砲音が響き、安積は耳が痛くなった。銃声というのはそれほどすさまじい。

白バイの後ろの部分から火花が散った。そのままキッドと安積の間を走り抜けていく。

安積にはすべてがスローモーションに見えた。

白バイに乗っているのは速水だった。

速水は前輪を下ろすと、安積に向かって何かを放った。そのままアクセルターンをしてこちらを向いた。

キッドが拳銃をそちらに向けている。速水はバイクを倒してその向こうに伏せた。

安積は、通り過ぎざまに速水が放ったものを必死で受け取った。重い。一度取り落としそうになってあわてて両手でつかんだ。

SIG・P230だ。

安積は膝《ひざ》をつくと、それを両手で構え、安全装置を右手の親指で外し、左手でスライドを引いた。一瞬でその一連の動作を終え、引き金を続けざまに二度引いた。

ちょうどキッドがそれに気づいて、銃をこちらに向けようとした瞬間だった。

キッドは強く肩をどつかれたように、くるりと体を捻《ひね》った。キッドの拳銃が吹っ飛び、歩道の上を滑っていった。キッドは尻餅《しりもち》をついていた。安積の撃った弾は肩に当たっていた。

「撃て。射殺しろ」

ウッドの声が聞こえた。

安積は人差し指を伸ばしたままだ。ウッドの手が伸びてきた。安積から拳銃を奪おうとする。安積が撃とうとしないのを見て、自分がとどめを刺そうというのだ。

そのとき、遠巻きに様子を見ていた捜査員たちがいっせいに飛びかかった。

その中には、太ってよたよたしている須田の姿もあった。

キッドはたちまち制圧された。

安積は、射撃したときの姿勢のままだった。激しい緊張から突然解放され、吐きそうだった。

すぐそばで靴音が聞こえ、安積はそちらを見た。

速水が立っていた。

「よう、ハンチョウ。散歩か?」

安積は、何度か唾《つば》を呑《の》み込んでから、ようやく言った。

「派手なツーリングじゃないか」

キッドは病院に運ばれたが、命には別状ないという。日本で殺人容疑その他銃刀法違反などで起訴し、その後、犯人引き渡し協定により、LAPDに引き渡されることになった。

本庁の刑事が付き添い、ウッドが護送するという。

捜査本部は解散し、安積はまたいつもの強行犯係の仕事に戻っていた。机で書類仕事をしていると、速水がやってきた。

彼は、ハイウェイをパトロールするだけでは満足せずに、署内もパトロールして歩く。縄張りを主張するためにマーキングして歩く犬のようなものだと、安積は思っていた。

「ハンチョウ、見事な射撃だったな」

安積は言った。

「おまえこそ、よくあんな思い切ったことができたもんだ」

「交機隊は、無敵だからな。アメリカの殺し屋ごとき、どうってことない」

安積はあきれてかぶりを振った。

二人のやりとりを聞いていた須田が言った。

「本当に、チョウさんの射撃、たいしたもんでしたね」

速水が須田に言った。

「知らなかったのか？」

「何をです?」

「ハンチョウはな、若い頃に射撃大会でタイトルを取ったことがある。射撃は得意なんだ」

須田は心底驚いた顔をした。

「俺、チョウさんと組んでいたのに、ちっとも知りませんでしたよ」

安積は言った。

「昔の話だ」

須田は一人納得したようにうなずいた。

「ああ、それで、課長は、新しい銃の試し撃ちをチョウさんに頼んだわけですね」

速水が言った。

「このハンチョウはな、今では分別くさい顔をしているが、昔はなかなか跳ねっ返りだったんだ」

「へえ……」

須田が目を丸くした。

二人の会話をどうやってやめさせようかと考えているところに、ウッドがやってきた。

安積は救われたような気分だった。

「明日、応援が来るので、キッドを移送する」

「そうか」

「あんた、射撃の腕は悪くないな」

「豆鉄砲も、けっこう役に立つだろう」

「あんたの言ったことをよく考えてみた」

「何のことだ？」

「日本の警察のやり方だ。この間の一件で、少しは理解できたような気がする。あんたは仲間を信頼していた」

安積はうなずいた。

「そういうことだ」

「だが、私は私のやり方を変えられそうにない」

安積はずっと訊いてみたかったことを尋ねた。

「三年前からあのキッドを追っていたと言ったな？」

「そうだ」

「三年前に何があった？」

ウッドは肩をすくめた。

「私の相棒を射殺した」

安積は無言でウッドを見つめた。

ウッドはさらに言った。

「刑事になったときから、俺にいろいろなことを教えてくれた人だった。教師であり、友人であり、相棒だった」

「そうか」

安積はそれだけ言った。

ウッドはうなずいた。

「あんたと組めてよかったよ」

「私もそう思っている」

安積がそう言うと、ウッドはほほえみを残し、去っていった。

ふたりのやりとりを聞いていた速水が言った。

「いい刑事じゃないか」

「ああ」

安積はウッドが出ていった出入り口を見ながら言った。「そうだな」

夕映え

1

桜の花が散り、都内はツツジが満開だ。

ツツジというのは、なんと華やかな花なのだろうと、安積《あずみ》は思う。

季節のせいだろうか。

桜は寒々しい感じがする。だが、ツツジは色濃い緑を背景にして眼に鮮やかだ。

誰もがコートを脱ぐ季節。気の早い連中は半袖姿だ。日差しは日増しに強くなっていき、日によっては夏の予感を匂わせる。

大型連休が控えており、誰もが浮き足立っているように感じられる。

その日も晴れていた。海から南風が吹いてきて、安積は、東京湾臨海署の玄関で久しぶりに潮のにおいを感じていた。

杖《じょう》を持って玄関に立っている警官も、日溜まりの中であくびをしそうな顔をしている。

二階にある刑事課に上がると、すぐに榊原《さかきばら》課長に呼ばれた。

「昨夜の殺人事件を知っているな?」

「朝刊で読みましたよ。品川署管内の事案ですね」

「犯人の逃走路がはっきりしない」

「それで？」

「品川署に帳場が立つんだが、近隣の署からも応援を出すことになった」

安積は、あまりいい気分ではなかった。

東京湾臨海署新設の頃を思い出す。

当時お台場は何もないただの埋め立て地だった。船の科学館だけが、訪れる人もあまりなく緑の中にぽつねんと建っていた。

当然犯罪の発生率は低く、署の規模も小さかった。その頃は、近隣の署の事案に助っ人として引っ張り出されたものだ。

捜査には手を抜けない。だが、手柄はみな他の署に持っていかれる。そんなことがずいぶん続いていたのだ。

今はお台場もすっかり様変わりした。

テレビ局が引っ越してきて、若者向けの遊興施設や大きなショッピング・モールもできた。コンサートホールもホテルもある。

安積は、いつもそれらのビル群に空虚さを感じる。街というのは自然発生的にできるものだ。それが本来だ。人工の島に人工の街を作った。だから、人の生活のにおいがしない。

「強行犯係が行かなきゃならんのですか？」

安積が尋ねると、榊原課長は驚いたような顔をした。

「コロシだよ。強行犯係が出張《でば》るのが当然だろう」

「助っ人でしょう？　他の係員でもいいじゃないですか」

「そうはいかない」

榊原課長は顔をしかめた。

品川署や本庁《ホンブ》からの風当たりを気にしているのだろう。課長は苦労性だ。

「わかりました」

そう言うしかなかった。

「三人出すことになっている。係長、あんたも出張ってくれ。係長は、わがベイエリア分署の顔だ」

席に戻ると、安積は、ぼんやりと強行犯係を眺めながら考えていた。

村雨《むらさめ》と須田《すだ》の二人の部長刑事。黒木《くろき》と桜井《さくらい》。係長の安積を含めてたったの五人しかいない。誰もがそれぞれの事案を抱えている。

五人のうち三人も捜査本部に持っていかれるというのは痛い。

須田と黒木は、台東区で起きた殺人事件の指名手配犯を追っていた。臨海署管内で目撃情報があったのだ。

こちらもおろそかにはできない。

安積のいない強行犯係を誰かに任せなければならない。村雨が適任だろう。年齢からいっても村雨は強行犯係のナンバー・ツーだ。

桜井を連れて行こう。あとひとりは……。

安積は須田に声をかけた。

須田は、びっくりしたように顔を上げた。彼は何事においても過剰反応するように見える。

もしかしたら、演技なのかもしれないと、安積はときどき思う。彼はある時期、振る舞いをテレビドラマや映画から学んだのかもしれない。

彼の反応はときに、大げさで類型的だ。

「何です、チョウさん」

安積は、品川署にできる捜査本部のことを話した。

村雨は何かの書類に没頭しているように見える。だが、聞き耳を立てているに違いなかった。

須田は、しかつめらしい顔をした。むずかしい話をするときには、そういう顔をしなければいけないと決めているようだ。

「昨夜の事件ですね」

「そうだ」

「じゃあ、俺、行きますよ」

「台東区の事件はどうする?」

「黒木ひとりでだいじょうぶですよ」

安積は村雨を見た。村雨は我関せずという態度で書類仕事を続けている。自ら話に割り込むような男ではない。

「村雨」

安積が声をかけると、彼は初めて顔を上げた。

「はい」

「話は聞いていたな？」

「ええ」

「じゃあ、おまえと黒木が残ってくれ。須田と桜井を連れて行く。黒木を助けてやってくれるか」

「帳場が明けるまで、たった二人で切り盛りするんですか？」

「面倒なことがあったら、課長に押しつけろ」

村雨は、一瞬不思議そうな顔をしたが、すぐにうなずいた。

「わかりました」

余計なことは言わないやつだ。

頼もしいが、少々鼻につく。

安積は、品川署の捜査本部に赴くまえに片づけなければならない書類に眼を通しはじめた。

品川署の捜査本部には、本庁から一班来ていた。本庁の班が十五人、品川署が十人、大井署が五人、高輪《たかなわ》署、東京湾臨海署からそれぞれ三人ずつ人員を出した。

品川署と大井署は第二方面本部の管轄。高輪署と東京湾臨海署は第一方面本部だ。人員の構成を見ても、明らかに東京湾臨海署は助っ人だ。

捜査本部では、たいてい本庁の捜査員と所轄の捜査員がコンビを組んで捜査に当たる。本庁の捜査員を、第二方面本部の捜査員に割り振っていくと、第一方面本部の高輪署と臨海署は余ってしまう勘定になる。

捜査は本庁と第二方面本部の品川署、大井署主導で進むだろう。こだわるつもりはないが、どうしても士気が鈍る。

そんなことを考えていると、後ろから肩を叩かれた。

振り返ると、初老の捜査員が立っていた。

「三国《みくに》さん……」

安積は思わずつぶやいていた。

「久しぶりだな。元気そうじゃないか」

「ご無沙汰しています」

すっかり年を取っていたので驚いた。思えばずいぶんと長い間会っていない。ごま塩頭で顔には深く皺が刻まれている。

体つきも縮んだように感じられる。だが、その眼は当時と変わらない。筋金入りの刑事であることがすぐにわかる。

「警察なんて狭い世界だから、今まで会わなかったのが不思議だよな」

「三国さんもこの帳場に……？」

「ああ。そうだ。よろしく頼むよ」

「今、本庁《ホンブ》ですか？」

「ばか言うなよ。こんな老いぼれの部長刑事が本庁勤めできるわけないだろう。大井署にいる。来年で定年だ」

「定年……。そうですか……」

「お、会議が始まる。じゃあな……」

三国は後ろのほうに座った。会議室には、折り畳み式の細長いテーブルが並べられており、前のほうには、本庁の捜査員たちが陣取っている。

隣に座った須田が、そっと尋ねた。

「あれ、誰です？」

「三国俊治《としはる》。俺が初めて刑事になったときに組んだ人だ」

「チョウさんが刑事になったときって……、じゃあ、目黒署でいっしょだったんですか？」

「そうだ」

「おっかなそうな人ですね」

「ああ。厳しい先輩だった」

三国が言ったとおり、警察というのは狭い世界で、合同捜査本部だ、研修だ、警備事案だと、何かとよその署の人間や本庁の人間と会う機会はある。

初任科を出てから定年まで一度も会わない相手も、もちろんいるが、師匠ともいえる先輩刑事に今まで会わずにいたということで、なんだか後ろめたい気持ちになっていた。

安積は、三国に徹底的に仕込まれた。

刑事のイロハから、警察の人間関係まできっちりと叩き込まれたのだ。おかげで今の自分がいると思っているが、やはり当時はきつかった。

逃げ出したいと思ったことも何度もあった。

部長刑事のまま定年を待つと言っていた。それが、なんだか淋しかった。

三国は間違いなく優秀な刑事だった。だが、出世となると、話は別だ。所轄では、警部補の試験を受ける暇もなく、定年を迎える刑事が少なくない。

今では安積のほうが、階級が上になってしまった。複雑な気分だった。

2

殺人の被害者は、遠藤善和《えんどうよしかず》。五十七歳の不動産業者だ。西品川三丁目の自宅マンションで殺された。

犯行時間は、午後十一時から午前一時の間。室内を物色した跡もなく、鍵をこじ開けた形跡もない。争った跡も軽微で、近所の聞き込みでも大きな物音や声を聞いた者がいないことから、顔見知りの犯行ではないかと、初動捜査に当たった機動捜査隊の捜査員が報告している。

現場は古い住宅街で、近くには戸越銀座という戦前からの商店街がある。

鑑識は、いくつもの指紋を室内から検出しており、犯罪記録との照合をしている最中だった。

凶器は刃物。鑑識によると、おそらく包丁だろうということだ。

室内は雑然としていた。汚れた衣類は脱ぎ散らかしたまま。台所に、何日も洗っていない食器が積まれていた。

ゴミ袋が玄関脇にいくつも転がっており、悪臭がしていたと、機動捜査隊の連中が言っていたそうだ。

調べによると、被害者の遠藤善和は、三年前に離婚している。子供は二人いるが、離婚してからは会っていないということだ。

離婚の原因は愛人を作ったことらしい。別れてしばらくは、殺人現場となったマンションでいっしょに暮らしていたらしいが、同じマンションの住人によると、最近は姿を見かけなかったという。

「その愛人の線は有力だな」

本庁からやってきた池谷管理官が言った。この管理官とは何度か同じ捜査本部を経験している。

背広をまるで制服のようにぴしっと着こなした、ロマンスグレーの紳士だ。彼は、捜査本部主任で、事実上の捜査本部の指揮官だ。

品川署・強行犯係の係長は、さらに報告を続けた。

「なお、被害者には競馬、競輪などのギャンブル癖があり、三千万円近い借金がある模様です。借金を巡るトラブルという線もあると思います」

池谷管理官が尋ねた。

「どんなところに借金しているんだ?」

「詳しいことは目下捜査中ですが、サラ金をはじめとして、数件。中には、闇金融も混じっているようです」

「闇金融というと、トイチなんかで貸す違法な業者だな?」

池谷管理官が尋ねると、係長はちょっとうろたえたように間を取ってからこたえた。

「トイチなんてもんじゃないです。トサン、あるいはトウゴというのが、やつらの常識です。つまり、十日で三割から五割の利子が付くというわけです」

池谷管理官は、上品な顔をかすかに曇らせた。

「わかっている。言葉のアヤだ。つまり、金銭的にかなり追いつめられていたということだな」

「はい」

係長は、恐縮したように頭を垂れた。管理官の機嫌を損ねるとえらいことになる。方面本部の管理官が、所轄署を視察するときなど、全員が起立し、直立不動で迎えるのだ。

「わかった。鑑取りでは、そちらの線にも充分留意するように」

係長の報告が終わると、班分けが始まった。本庁の係長、そして品川署の刑事課長と、大井署の強行犯係長が、捜査員を二人一組のペアにして、それを鑑取り班、地取り班、遺留品捜査班、手口捜査班に振り分けた。

安積は、予備班に回された。係長などは、予備班にされることが多い。高輪署からは、係長は来ていなかった。強行犯係ですらないかもしれない。いや、刑事課であるかどうかも怪しい。

榊原課長が律儀すぎるのだ。安積は、密かにそう思っていた。

三国が、鑑取り捜査の班に割り当てられたので、安積は驚いた。

予備班というのは、デスクだ。ベテランの捜査員が担当する。三国は安積の師匠ともいえる刑事だ。

安積が予備班で、三国が外回りというのは納得できない。

安積は発言した。

「私も外を回ります」

班分けをした課長や係長たちが怪訝《けげん》そうな顔をして安積を見た。

品川署の刑事課長が、安積に言った。

「あんたは、係長だ。予備班で情報の仕切をしてもらわなくちゃ困る」

「私より適任の方が、おられると思います」

「どういうことだね……」

品川署・刑事課長は、反感のこもった眼差しで安積を見た。腹を立てて当然だ。班分けは、捜査本部の活動の第一歩だ。誰だって最初でつまずきたくはない。

池谷管理官が言った。

「安積君は、自分よりベテランの人が外回りをやらされることになったと言いたいのだろう」

池谷管理官は、安積に視線を移して言った。

「だがね、安積君。君は係長だ。そして、おそらく君が言うベテラン刑事は、主任だ。私の言いたいことはわかるね。幹部の指示に従ってもらうよ」

管理官は、安積が誰のことを言っているのか気づいているようだ。三国とは知り合いなのかもしれない。

管理官に釘を刺されては、これ以上逆らえない。安積は腰を下ろした。

須田が心配そうに安積を見た。

安積は、なんだかひどく気恥ずかしくなり、その須田の視線を無視した。

会議が終わり、捜査員たちがいっせいに聞き込みに出かけていく。振り向いた安積は、三国と眼が合ってしまった。

三国は、すぐに眼をそらし、若いどこかの刑事とともに部屋を出ていった。

安積は、苦いものを胸の奥に感じていた。


捜査員が出払った捜査本部内は、突然奇妙な倦怠感に包まれる。捜査員が上がってきて聞き込みの結果を発表するまでは、安積はこれといってすることがない。

配られた資料と、メモを眺めていた。

桜井は、本庁の部長刑事とともに、遺留品捜査に出かけて行った。須田は、高輪署の捜査員と組み、手口捜査のため、パソコンを操っていた。

捜査本部に須田がいてくれるだけで、気が楽だった。心強いと言ってもいい。

安積は、ただ時が過ぎるのを待っていた。窓の外を見ると、うららかな晩春の日差しがビルの壁を温めている。

ふと、目黒署時代を思い出した。右も左もわからず、ただ三国のあとをついて歩いた。三国は手取り足取り教えてくれるタイプではない。

自分で勝手に学べといわれた。へまをやったときは、したたか怒鳴られた。どちらかというと、神経質な性格だったかもしれない。当時は働き盛りで、自分のことで精一杯だったのかもしれない。

「予断が一番いけない」

ただ一つ徹底的に教えられたのは、そのことだった。

「予断は捜査を間違った方向に導く。刑事に大切なのは、事実だ。事実の積み重ねが捜査だ」

三国は、そう言った。

容疑者が本当の犯人かどうかも、実はどうでもいい。容疑者に関するありとあらゆる事実を集めることだ。あとは、検事が判断し、裁判所が罪を決める。刑事は、司法手続きのための材料を集めるだけだ。それ以上であっても、それ以下であってもいけない。

安積は、三国からそう教えられた。

おそらく、三国の言うことは正しいのだろう。だが、刑事はそれだけではないと、当時から安積は思っていた。

警察官は、単なる法の番人ではない。市民は警察に正義を求めている。若い安積はそう考えていた。そして、それは今でも変わっていない。

捜査員の上がりまでまだずいぶんと時間がある。手持ち無沙汰だった。臨海署のほうが気になる。

安積は、立ち上がり、池谷管理官に歩み寄った。

「ちょっと出かけてきます」

池谷管理官は、優雅とさえいえる仕草で安積を見た。

「どこへ行くんだね？」

「署のほうが手薄なんです。ちょっと見てきます」

「捜査本部にいるあいだは、こっちに集中してくれないと困る」

「捜査員の上がりの時間までには戻ります。それからは、ずっとこちらに詰めますよ」

池谷管理官は、うなずくとやや顔を近づけ、声を落とした。

「安積係長。余計な気づかいは、本人をかえって傷つけるぞ」

気恥ずかしさがよみがえった。

「申し訳ありません。三国さんは、私が刑事になりたてのときの、師匠でした」

「やはり、三国のことだったか……」

「三国さんをご存じなのですか？」

「初任科で同期だったんだよ」

「そうでしたか……」

片や、本庁捜査一課の管理官。片や、所轄の主任だ。人生は、残酷だ。そんな二人が捜査本部で顔を合わせる。

三国はどんな気分でいるだろう。自分の弟子に情けをかけられるというのは、たしかにやりきれないだろう。そして、その現場を出世した同期生に見られている。

安積は、どうにもいたたまれない気分になった。

「早めに戻ってくれ」

池谷管理官が言った。「捜査が急展開することもある」

「わかりました」

安積は、捜査本部が設置された会議室を出た。部屋の外には、新聞記者らが集まっていた。

彼らは安積に話しかけようとする。それを振り切るようにして、玄関に向かった。

東京湾臨海署に着いたときには、日が大きく傾いていた。一階を通り過ぎようとすると、速水《はやみ》が声をかけてきた。

「おい、ハンチョウ。どこぞの帳場の助っ人に行ってたんじゃないのか？」

椅子にもたれて、脚を組んでいる。こいつほど交機隊の制服が似合うやつもいない。

「交機隊が俺の部下をいじめてるんじゃないかと、心配になって様子を見に来た」

「俺の縄張りで、よくそんなことが言えるな」

交機隊の隊員が、そっと顔を見合わせるのが見えた。

安積は、ちょっと迷った末に速水に言った。

「三国さんに会ったよ」

「三国って、誰だ？」

安積は、あきれてしまった。

初任科を出てすぐに配属されたのが、目黒署の地域課、当時の警ら課だった。そこでは速水といっしょだった。

当然、そのころ署の刑事課に三国もいた。

「俺が最初に組んだ刑事だ」

速水は平然と言った。

「知らんな。おまえがデカになる頃、俺はすでに本庁の交機隊にいた」

「そうだったかな」

「警ら課で交番《ハコバン》勤務やってるころ、デカの名前なんて覚えてられなかった」

覚える気もなかったのだろう。少なくとも、安積は知っていた。

安積は、刑事になることを目標としていた。速水は、交通機動隊に入ることしか考えていなかった。その違いだろう。

「久しぶりに師匠に会って、説教でも食らったか?」

そのほうが気が楽だったかもしれない。

「いや、ちょっと懐かしくてな……」

「おい、帳場は同窓会じゃねえんだろう」

「おまえの言うとおりだ」

安積は階段を昇った。

強行犯係に顔を出すと、村雨が怪訝そうな顔を向けた。

「あれ、係長、どうしたんです?」

彼は自分の席で、書類仕事をしていた。メモがセロテープで机にいくつも貼り付けてある。てきぱきと、仕事をこなしている村雨の姿が想像できた。

「ちょっと様子を見に来た。黒木はどうした？」

「捕り物ですよ」

「台東区の事件か？」

「そうです。容疑者が労働者向けの簡易宿泊施設に潜伏しているところを発見されたんです」

「臨海署管内に、簡易宿泊施設などない」

村雨はうなずいた。

「確認に出向きました。いちおう、彼が追っていた容疑者ですからね」

「要するに、助っ人を頼まれたということか？」

「まあ、そういうことですね」

「電話かけて、言ってやれ。捕り物が済んだらすぐに帰ってこいとな。よその事案にぐだぐだ付き合っていることはない」

「わかりました」

「そのほかに何かあるか？」

「今日は比較的暇ですよ。書類仕事がはかどります」

「そりゃ、けっこうだ」

「捜査本部、代わりましょうか？」

「何だって?」

「ここに係長がいてくれたほうがいいですよ。俺が代わりに捜査本部に行ったほうがよくはありませんか?」

「課長が、俺に行けと言ったんだ」

村雨は、うなずき、それ以上そのことには触れなかった。

安積は、自分の席に座り、机の上をしばらくぼんやりと眺めていた。手つかずの書類がいくつかある。

捜査本部に戻るまでにはまだ時間がある。書類に眼を通し、必要事項を書き込み、印鑑を押す。それだけのことだ。二つ三つの書類を片づけることはできそうだ。

だが、どうしてもその気になれない。

安積は顔を上げた。

「なあ、村雨」

せっせと書類仕事をしている村雨が安積のほうを見た。

「はい」

「自分が組んでいる若い刑事のことをどう思う?」

村雨は不思議そうな顔をした。

「桜井のことですか?　あいつは、優秀ですよ」

「そういうことじゃなくて、もっと一般的な話だ」

「何が訊きたいんです?」

村雨の眼に警戒の色が浮かんだような気がする。おそらく彼は、テストされているような気分になっているのだろう。

こっちは、世間話のつもりなのに、こいつは身構える。杓子定規なやつだ。

「例えば、あと二十年くらいたってだな、桜井のほうが階級が上だったら、おまえ、どう思う?」

「考えたことありませんね」

「今、考えてみてくれ」

村雨は、ボールペンを静かに置いた。

「そうですね。二十年後、桜井が俺よりも階級が上だったら、なるべく俺は会わないようにするでしょうね」

「やっぱり会うのが嫌か?」

「向こうが気をつかうでしょうからね」

安積は意外な気持ちで村雨を見た。

「向こうが気をつかう?」

「ええ。こっちが何とも思っていなくても、桜井のやつは気にするでしょう。それが気の毒ですね」

「なるほどな……」

「俺に訊くまでもないでしょう」

「何だって？」

「係長、須田と組んでいたんでしょう？　もし、須田が出世したときのことを考えてみてくださいよ。もし、あいつが係長の階級を抜いたら、どんなことになるか……」

須田は、困り果てるに違いない。

そして、あれこれ余計なことを言い、それを取り繕おうとして、さらに墓穴を掘る。そんな姿が思い浮かぶ。たしかに、見ていて気の毒になるだろう。

今まで、三国と会わなかったのは、三国が会おうとしなかったからではないだろうか。今、村雨が言ったようなことを、三国も考えていたのかもしれない。

「進んで会おうとはしませんけどね」

村雨は言った。「でも、もし桜井が俺より出世したら、俺は誇りに思いますよ」

安積は、村雨から眼をそらし、うなずいた。村雨の言葉が妙にうれしかった。それを村雨に気づかれたくなかったのだ。

窓の外を見ると、夕焼けだった。

空が赤く染まっている。臨海署から見ると、太陽は海ではなく陸地に沈む。細かく仕切られた東京湾の向こう側のビルの中に沈むのだ。

それでも夕日は美しい。

安積は、捜査本部に戻ることにした。

署の外に出ると、高層ホテルの窓ガラスに夕日が映っているのが見えた。ビルの一面が鮮やかな茜色《あかねいろ》に輝いている。しばし、その光景に見とれていた。

品川署の捜査本部には、かなりの捜査員たちが戻ってきており、ざわついていた。捜査員たちは、それぞれのペアで情報の確認をし合っている。捜査本部では、ベテランと若手、本庁と所轄という組を作ることが多い。捜査本部は、若い捜査員の教育の場でもある。

桜井も、本庁の捜査員と何やら話し合っている。須田は、まだパソコンに向かっていた。こちらは、高輪署の刑事と話をしている様子はなかった。

安積は、須田を見て村雨が言ったことを思い出していた。

三国も戻ってきていた。安積は、つとめて自然に振る舞おうとしていた。

やがて捜査会議が始まる。

地取り班の報告から始まった。

有力な目撃情報が得られた。事件が起きたと推定される時刻に、現場のマンションから駆け足で出てきた男が、車に乗って走り去るのを見た者がいた。

目撃者は、同じマンションの住人のサラリーマンで、仕事帰りに一杯やり、帰宅が遅くなった。ちょうどマンションの玄関に入ろうとしたときに、その男が飛び出してきたという。

男の年齢は、四十歳前後。身長は低く痩せ型で、髪を短く刈っていたという。車は、ワゴン車だった。暗くて色はよくわからないが、黒っぽかったという。鑑取りの班は、被害者の交友関係を中心に洗っていた。愛人の身元はすぐに判明した。木元弥生《きもとやよい》、三十五歳。元ホステスで、今は五反田《ごたんだ》のスナックで働いているという。現在、彼女の所在を確認している。

借金のほうは、聞いていて憂鬱になるほどだった。被害者の遠藤善和は、小さな不動産屋を営んでいた。

バブルの頃は景気がよく、六本木《ろっぽんぎ》などに足をのばして遊び回っていたらしい。木元弥生とは、その頃に知り合った。

殺人現場となったマンションは、当時木元弥生に与えたものだった。バブル時代の不動産屋には、女にマンションを都合するなどという芸当もできたのだ。

ギャンブルにはまったのもその頃だ。ギャンブルというのは、トータルでは決して稼げないようにできていると聞いたことがある。

安積はギャンブルをやらないので、それが本当かどうかはよくわからない。バブル時代の不動産屋には、多少負けが込んでも痛くもかゆくもなかったのかもしれない。

だが、我が世の春も終焉《しゅうえん》する。バブル崩壊だ。収入は激減する。それでも、遠藤善和の遊びは収まらない。

収入があるうちは我慢していた妻や子も、愛想を尽かす。金の切れ目が縁の切れ目だ。

遠藤善和は、自宅を出て女のところに転がり込んだ。

だが、やがてその女も遠藤のもとを離れていく。

それでも、遠藤は飲み続け、ギャンブルを続けた。当然、借金が増えていく。最初は仕事で取引のある銀行から理由をつけて借金をした。だが、銀行の貸し渋りが始まり、本業の資金繰りさえも危うくなってきた。

サラ金、カードローン、消費者金融……。ありとあらゆるところから金を借りた。その時点で、借金は一千万近くになっていた。

返済の策に窮した遠藤は、ついに闇金融に手を出した。すると、たちまち、借金は三倍に膨れあがった。

当然、周囲には怪しげな人間たちがうろつくことになる。いや、遠藤の交友関係を洗っている鑑取り班のある捜査員によると、バブル時代から、遠藤の周囲には物騒な連中が見え隠れしていたそうだ。

地上げ屋を専門とする暴力団関係者だ。

報告を聞き終わった品川署の刑事課長が言った。

「地上げ屋か……。バブルがはじけたあとは、地上げ屋も上がったりだろうからな……。仲間と手を組んで、遠藤をはめたとも考えられるな……」

品川署の強行犯係長が、言った。

「つまり、闇金融は、付き合いのあった地上げ屋とつながりがあったということですか？」

「充分に考えられるな」

そのとき、後ろのほうから声がした。

「予断は禁物だよ」

振り返らなくても誰であるかわかった。

三国の声だ。

品川署の刑事課長は、一瞬むっとしたような顔つきで声のほうを見たが、声の主に気づくと気まずそうに眼をそらした。明らかに貫禄負けだ。

「まあ、この時点であれこれ判断するのは、時期尚早かもしれない」

品川署の刑事課長は言った。

あいかわらずだな。

安積は思った。三国のことだ。

真面目で頑固だ。警察組織の人間関係など気にしない。正しいと思ったことは、相手が誰であろうとはっきりと言う。

こういう人間は、警察では出世はむずかしい。警察という役所はおそろしいくらいに保守的だ。

池谷管理官が言った。

「だが、鑑は濃いな。目撃情報と一致する人物が、かつての地上げ屋や闇金融関係者の中にいないかチェックしてくれ。あるいは、愛人の線ともつながるかもしれない」

捜査員たちは、それぞれにうなずいたり、メモを取ったりしている。

隣の須田をちらりと見ると、腕を組んで半眼で宙を見つめている。刑事としては明らかに太りすぎの須田がこうしていると、仏像のように見える。

居眠りをしているようにも見える。だが、安積は、これが須田の何かを熟慮しているときの表情だということを知っていた。

「何か気になることがあるのか？」

須田は、はっと夢から覚めたような顔になり、安積のほうを見た。声をひそめて言った。

「いえね……。俺、手口捜査をしているじゃないですか。これまで記録されている殺人の手口とパソコンを使って比較するわけですよ。いろいろな犯罪と比べていると、自然と印象が浮かんでくるんです」

それは刑事なら誰でも経験することだ。

現場を見て、遺体を見て、つぶさに手口などを調べると、自然と犯人像が頭に浮かぶことがある。

それは危険なことでもある。しばしば実際の犯人は、想像の犯人像とは異なることがあるのだ。

だが、安積は興味があった。須田の洞察力は、ばかにはできない。

「どんな印象だ？」

「あの……。俺、現場見てるわけじゃないし、捜査は始まったばかりだし……、第一、何の確証もないんです」

「わかっている。どんな印象を受けたんだ？」

「素人《しろうと》じゃないかと……」

「素人……」

「素人という言い方は変ですけど、少なくとも暴力に慣れている連中じゃないという気がします。それに、ひどく感情的なものを感じますね」

「感情的か……」

「犯人は、被害者を何度も刺しています。めった刺しですよ」

殺人ではめずらしいことではない。

犯人は、度を失い、相手を何度も刺す。恐怖に駆られるせいもある。だが、そうでない場合も多い。相手を憎んでいる場合だ。

極限状態では、人間の感情は増幅される。

安積はうなずいた。しばらくすると、須田は、また仏像のような顔つきに戻った。桜井は黙って二人のひそひそとしたやりとりを聞いていた。

会議は進み、遺留品捜査の班が報告を始めた。

室内からは血の付いた衣類が多数発見されていた。だが、それは犯人の遺留品ではなく、脱ぎ散らかしてあった衣類に血が飛び散ったのだと見られていた。

実際、室内は乱雑で、何が被害者のもので何が犯人のものか判別できないありさまだったという。

室内からは女性用の衣類も発見されたが、それらは、同居していた木元弥生のものであることが確認されている。タグなどにクリーニング店が書き込んだ名前が残っていた。

凶器はまだ発見されていない。被害者宅には、二本の包丁が残っていた。木元弥生が使っていたものだろう。

だが、遺留品捜査の班と鑑識係は、少なくとももう一本台所に包丁があったらしいことを突き止めていた。

残っていた二本の包丁は、ステンレス製だ。だが、包丁立てには、錆《さび》が付着していた。鑑識によると、鋼《はがね》にできる錆でおそらく和包丁があったのではないかということだ。

それが凶器だった可能性はおおいにある。

その包丁に関連して、鑑取りの班が報告した。被害者の遠藤善和は、かつて海釣りの趣味があり、自分で魚をさばいたそうだ。それに使った出刃包丁を目撃していた友人がいた。

木元弥生本人はまだ見つかっていない。マンションを出てから、知人宅などを転々としているようだ。

勤め先のスナックも休みがちだということだった。

「まず、木元弥生を見つけることが先決だな」

池谷管理官が言った。「参考人として、任意で引っぱるんだ。一方で、目撃情報をもとに、マンションから走り去った男の特定を急げ。暴対課の協力を得て、被害者と関係のあった組関係者の写真を入手して、目撃者に見てもらえ。必要があれば似顔絵も作るんだ」

てきぱきとした指示だ。

それが会議を締めくくる言葉だった。

3

安積は、柔道場に敷かれた蒲団に潜り込んだ。じめっとした感触がある。

自宅に戻った捜査員もいるが、安積は泊まり込むことにした。帰っても家族はいない。

三国も柔道場に泊まっていた。

捜査本部の初日以来、話をしていない。

池谷管理官が言ったとおり、安積が余計な気遣いをしたことが、三国を傷つけているかもしれない。

捜査員たちの寝息やいびきが聞こえた。一日中歩き回って、くたくたに疲れているのだ。

安積は、妙に目が冴えていた。

眠れぬまま蒲団に横になっていると、つい考えなくてもいいことを考えてしまう。

捜査に集中しよう。

安積は寝返りを打った。


木元弥生の所在が確認された。

男のところに転がり込んでいたようだ。その男というのが、金融業者だったので、捜査員たちの期待が高まった。被害者の借金と何か関係があるのではないかと予想したのだ。

だが、世の中それほど甘くはない。

この金融業者は、被害者が金を借りた闇金融ではなく、高利貸ではあるが、まずまずまっとうな業者といえた。

それを鑑取り班の捜査員が報告すると、捜査本部の中はかすかな失望に包まれた。

その失望を追い払うように、池谷管理官が言った。

「生命保険については誰か調べているか?」

鑑取りの班の誰かが言った。

「調べています。いずれも受け取り人は、別れた女房になっています」

「それに……」

別の捜査員が言った。「殺人となると、保険金の支払いは免責になるんじゃないですか」

池谷管理官は、腕を組んで考えこんだ。

「元愛人と金貸しが手を組んで、保険金殺人という筋を考えたんだがな……。それは通らないようだな。闇金融のほうはどうなんだ？　そうなると、金銭を巡るトラブルで殺人に及んだという線が有力になってくる」

鑑取り班の一人がこたえた。

「闇金融の業者を探してますが、なかなか尻尾《しっぽ》がつかめません。ああいう連中は、しょっちゅう居場所を変えますから……。今、知能犯係、暴対係の協力を得て、追ってますが……」

「目撃された男のほうはどうだ？」

地取り班の捜査員がこたえる。

「目撃者に、犯罪記録の写真を見てもらうことになっています」

その捜査員が、おずおずと付け加えた。「あの……。同じマンションの住人の話だと、別に金融業者の取り立てのようなことはなかったらしいです」

池谷管理官は、眉をひそめてその捜査員を見た。

「何が言いたいんだ？」

「あ、ですから……。金銭を巡るトラブルというのなら、当然派手な取り立てなどがあっただろうと思いまして……」

管理官は苦い顔になった。

「だが、被害者は闇金融に多額の借金があったのは事実なのだろう。派手な取り立てなどなくても、何かのトラブルがあった可能性は否定できない。そうじゃないかね？」

「はあ……」

捜査員は、どうしていいか分からない様子で立っていたが、それ以上何も言わず着席した。

「その人はですね」

後ろで声がした。三国の声だった。「事実を報告しただけですよ。事実が何より重要でしょう」

池谷管理官は、その声のほうを見て言った。

「だがね、捜査には筋を読むことも大切なんだ。無駄な労力を省くことができる」

「捜査に無駄な労力なんてありませんよ」

「三国君、じゃあ、訊くが、君はこの事件をどう考えているんだ？」

「五十七歳の不動産業者が殺されました。被害者には離婚歴があり、さらに同居していた愛人とも別れていた。事件があったと思われる頃に、マンションから駆けだしてきて、車で走り去った男が目撃されている。なお、被害者には、多額の借金があった。その借金の多くは闇金融から借りた金だった……。今、わかっていることはそれだけです」

「だから、そこから何を読みとれるんだ？」

「何も……。私は、ただ鑑取りをやるだけです。話を聞き、事実を探る。それだけです」

捜査本部は、しんと静まりかえっていた。所轄の刑事が、本庁の管理官とやりあっているので、みんなひやひやしているのだ。

安積も落ち着かない気分だった。

池谷管理官と三国は、初任科の同期とはいえ、今では階級も役職も大きく違う。

安積はそっと振り返って三国の顔を見た。三国は落ち着いた表情をしていた。生真面目な顔つきだ。

彼は意地になっているわけでも、池谷管理官に絡んでいるわけでもない。ただ、自分が信じていることを淡々と述べているに過ぎない。そういう態度だった。

「地道な捜査は必要だ。だが、筋を読むことも大切だ」

池谷管理官は言った。「私は、金銭トラブルの線が有力だと思う。おそらく、現場のマンションから車で逃走した男は、闇金融と何らかのつながりがあるはずだ。全力で、その線を追うことにする」

むしろ、意地になっているのは、池谷管理官のほうだ。安積はそう感じた。

管理官には立場がある。一捜査員に批判めいたことを言われて黙っているわけにはいかないのだ。

三国は言った。

「愛人の線はどうします？」

「別れてしばらく経っているんだろう？　他の男のところに転がり込んでいるというのだ。関係はないだろう」

「その男は金融業者なんでしょう？」

「だが、被害者が金を借りていた闇金融ではない。元愛人が転がり込んでいたというだけで、事件とは関係がなさそうだ」

三国は考え込んでいた。やがて、彼は言った。

「私に、そちらの線を追わせてくれませんか？」

池谷管理官は、驚いた表情で三国を見た。

「言ったことが聞こえなかったのか？　目撃された男と、闇金融の線を追うんだ。それが捜査本部の方針だ」

「たのんます」

三国は言った。「何なら、自分一人でもいい。愛人の線を追わせてください」

安積は、つとめて冷静に判断しようとしていた。

池谷管理官が言う線は、たしかに有力だ。不審な男が目撃されたという要素は大きい。そちらを最優先で追うというのは、捜査として合理的かもしれない。

だが、須田が言ったことが気になっていた。

犯人の手口から、ひどく感情的なものを感じると、須田は言った。

感情のもつれとなると、男女関係がまず考えられる。愛人に関わる何かのトラブルがあった可能性もある。

「なぜだ」

池谷管理官はあきれた顔になった。「なぜ私の指示に従わない？」

捜査員たちがはらはらしているのがわかる。中には、露骨に顔をしかめるやつもいる。管理官の機嫌を損ねて得をすることなど一つもない。彼らはそう思っているのだ。

「そういうことじゃありません」

三国は冷静な声で言った。「どんな小さな事実でも調べておきたいだけです」

池谷管理官は、しばらく三国を見据えていた。やがて、管理官は言った。

「好きにしなさい。ただし、捜査員は割けない。やるんなら、一人でやればいい」

そのとき、安積は抑えがたい衝動を感じた。手を挙げていた。

池谷管理官が安積を指名した。

「なんだね？」

「私も、三国さんの線を追いたいと思います」

管理官は複雑な表情で安積を見ていた。腹を立てている様子ではない。だが、冷ややかな眼差しであることはたしかだ。

「捜査員は割けないと言ったはずだ」

「私は予備班です。鑑取りに出ても、捜査本部全体には、それほど支障はないと思いますが……」

池谷管理官は、溜め息をついた。

「わかった、わかった。二人でやればいい」

そのとき、戸口から声が聞こえた。

「木元弥生さんに、参考人として任意で同行願いました」

池谷管理官は、三国を見た。

「君に任せる。話を聞いてくれ」

三国が立ち上がる音がした。安積も立ち上がった。

須田が安積を見ている。少しばかり心配そうな顔をしていた。何か言いたげだ。安積は、取調室に向かった。

目の前を三国が歩いている。安積はその背中を見ていた。小さくなったような気がした。

かつては、こうしてよく三国の後ろを歩いた。そのときは、大きな背中に見えた。

三国は取調室の前で、立ち止まった。

彼は、振り向かぬまま言った。

「俺に付き合う義理なんか、ないはずだ」

安積はこたえた。

「そうじゃありません。私の部下が言ったことが気になったのです」

三国は振り返った。

「部下が……？　何を言った？」

安積は、須田が言ったことを手短に説明した。三国は、うなずいた。

「そういうことなら、おまえさんのやりたいようにやればいい」

三国は、取調室の引き戸を開けた。

コンクリート打ち放しの殺風景な狭い部屋。その奥の机の向こうに気の強そうな女が、こちらを向いて座っていた。

制服を着た品川署の係員が付き添っている。彼はそのまま記録係をやってくれるらしい。三国が机をはさんで女の正面に座った。安積は、机の脇に立っていた。

女は、ふてくされているように見える。もともとそういう顔なのかもしれない。顔立ちは美しいのだが、表情に険がある。

髪は、茶色に染めていた。昔は高級クラブのホステスだったという。今は人生の苦労と疲れが顔に滲んでいる。

どこかで歯車が狂い、それに対処できずに暮らしてきたのが見て取れる。

三国が言った。

「お名前を言ってもらえますか?」

女は、むっとしたように言った。

「知ってるんでしょう?」

「ご自分で名乗っていただかないと、法的に書類が役に立たないんですよ」

三国はあくまでも慎重だ。規則にはうるさい。昔と変わっていなかった。

「なによ。話が聞きたいというから来てやったんだよ。容疑者扱いはやめてほしいわね」

「そうではありません。ただの手続きです。お名前は……?」

木元弥生は、むっとした表情のまま名乗った。三国は、年齢と住所を訊き、木元弥生はそれにこたえた。

「遠藤善和さんが、亡くなったことはご存じですね」

「殺されたんでしょう」

木元弥生は言った。「あたし、関係ないわよ。ずっと前に、あの人とは切れてるんだから」

「遠藤善和さんが、住んでいらしたマンションは、もともとはあなたの部屋だったんですね？」

「そうよ」

「マンションの名義は？」

「あの人よ」

「あの人というのは？」

「遠藤よ」

「そこで、あなたと遠藤善和さんは、いっしょに暮らしていた。それに間違いありませんね」

「暮らしてたわよ。半年ほど前まではね」

「どうして、部屋を出られたのです？」

「愛想が尽きたからよ」

「半年前に、遠藤さんと別れて、部屋を出られた……」

三国は確認するような口調で言った。「それから、遠藤さんにはお会いになってませんか?」

「会ってないわ」

「たしかですね」

「会ってない」

安積は、木元弥生を観察していた。なぜだか腹を立てているように見える。捜査員が無理やり引っぱってきたのではないだろうか。それに腹を立てているということも考えられる。

だが、演技している可能性もある。何かやましいことがあると、警察の質問を迷惑がったり、腹を立てる演技をすることがある。

木元弥生の場合はどうだろう。

今はまだわからなかった。

「あの部屋にいる頃に、お料理はなさいましたか?」

三国が尋ねると、木元弥生は虚を衝かれたような顔をした。彼女が初めて見せた、無防備な表情だった。

「え……?」

「料理ですよ」

「そりゃ、したわよ。ホステスには料理なんてできないと思ってるの?」

「包丁は何本ありました?」

「そんなこと、覚えてないわよ」

「そりゃおかしい。私は滅多に台所なんかにゃ立ちませんけどね、うちに包丁が何本あるか、知ってますよ」

本当だろうか。

安積は思った。

妻と暮らしている頃、家に包丁が何本あるかなど知らなかった。妻が家を出ていったことと、無関係ではないかもしれない。

家のことなどまったく顧みなかった。

「はっきりおぼえていない」

「思い出してください」

「二、三本よ」

「二本ですか? 三本ですか?」

木元弥生は、面倒くさげにこたえた。

「はっきり覚えていないと言ったでしょう」

「どんな包丁がありました?」

「どんなって……。普通の包丁よ」

「和包丁ですか? 洋刀ですか?」

「スーパーで買った普通の包丁があったわ。それから、果物の皮を剝《む》くような小さな包丁」

木元弥生は、そこでいったん言葉を切った。一瞬だが、迷ったように感じられる。それから続けて言った。

「二本よ。包丁はその二本だけだった」

「間違いありませんね？」

「間違いないわよ」

その供述は、捜査員たちがつきとめた事実と異なっている。

三国もそれに気づいているはずだが、まったく態度に表さなかった。

それから、三国は世間話をするようなさりげない口調で、事件当日、彼女がどこで何をしていたかを尋ねた。

とたんに木元弥生の顔色が変わった。

「なによ、それ。あたしを疑っているの？」

「そうじゃありません。確認を取りたいだけです」

「突然、何月何日に何していたかなんて、訊かれたって思い出せないわよ」

「なんとか思い出してください」

木元弥生は、ぷいとそっぽを向いてから何事か考えていた。

「その日は、仕事をしていたわ」

「仕事……? たしか、五反田のスナックでしたね」

「そうよ」

「仕事は何時までですか?」

「店が終わるのは十二時だけど、客が粘っていれば、二時頃までいることもある」

「その日は、何時まで働いていました?」

木元弥生は、うんざりしたような顔でこたえた。

「刑事さん。店が十二時までと言ったのは、たてまえなの。いつも、二時過ぎまで働いている。その日はアフターがあったわ」

「アフター?」

「店が終わってから、お客さんと出かけるの。食事をしたり、カラオケやったり……。ま、いろいろとね……」

「このところ、店は休みがちだったと聞いていますが……」

「たしかに、毎日出ているわけじゃない。でも、その日は出勤したわよ。店の人に聞いてみればいいでしょう」

三国はうなずいた。

「もちろん、そうします」

「あたしは任意でここに来たのよ。容疑者扱いするなら、帰るわよ」

三国は、まったく動じない。次の質問を始めた。

「遠藤さんは、最近、トラブルを抱えていましたか?」

「知らないわよ。半年前に別れたって言ったでしょう?」

「では、その頃、何かトラブルを抱えていましたか?」

「金に困っていた。バブルが弾けてからというもの、ずっとそう。それでも競馬や競輪をやめなかった。酒も飲み続けた。もう、いっしょにいるのがうんざりだった」

木元弥生は、顔をしかめて見せた。

それから三国は、あれこれと質問をした。質問の内容も的確で、誘導尋問など一つもなかった。

安積は、木元弥生の態度を観察していた。やがて、三国は言った。

「ご協力ありがとうございました」

木元弥生は、何も言わずに立ち上がり、取調室を出ていった。三国は、座ったまま何事か考えている。

やがて、彼は言った。

「おまえさん、どう思う?」

安積は迷わず言った。

「彼女が犯人ですね」

三国は疲れた仕草で、顔を擦《こす》った。

「ああ。だが、それを証明するのはちょっと骨だぞ。特に、俺たち二人じゃな……」

「やるしかないでしょう」

三国は、机の上を見つめていた。

「ああ、そうだな」

安積は、取調室を出ようとした。三国が呼び止めた。

安積が振り返ると、取調室を出ようとした。三国は背を向けたまま言った。

「俺は、年のせいか、最近気弱になってな。おまえさんが、俺の代わりに外回りをやりたいと言ってくれたとき、正直言ってうれしかったんだ」

安積は言葉を失い、立ち尽くしていた。三国はさらに言った。

「あと少しで定年だ。俺は今までどおりこつこつと仕事をして、静かに警察を去っていきたい。今はそれだけを願っている」

「三国さんは、俺の師匠です。今でもそれは変わっていません。さ、行きましょう。時間がもったいない」

三国は立ち上がった。

二人が取調室を出ると、廊下に須田と桜井が立っていて、安積は驚いた。

「おまえたち、こんなところで何をしてるんだ?」

須田が言った。

「あの手口ね、調べれば調べるほど、犯人は女性じゃないかという気がしてきたんですよ。一つ一つの刺し傷は浅い。そして、感情にまかせて何度も刺している。これ、統計的に言

って も女性のやり口なんですよ」

次に桜井が言った。

「現場には、木元弥生の衣類がいくつも残っていました。血が付いたものもありました。当初は、床に落ちていた衣類に被害者の血が付着しただけだろうと考えられていましたが、不自然な気がします。別れて半年も経っているというのに、部屋の中に彼女の服が放置されていたというのに、ひっかかったんです。血に汚れた衣類を着替えて出ていったと考えたほうが自然です」

安積は、あきれてしまった。

「おまえたちは、管理官の言いつけを守らずにこっちの捜査を手伝うというのか?」

三国が苦い表情で言った。

「ばかな真似はやめろ。年寄に同情しているのなら、願い下げだ」

桜井が言った。

「自分らは、係長を手伝おうと決めただけです」

こいつら、泣かせてくれるじゃないか。

安積は言った。

「木元弥生がアリバイを主張している。私たちは、それを確認する。彼女は逃走の恐れがあるから、二人は張り付いてくれ」

「わかりました」

須田が、必要以上に深刻な表情でうなずき、よたよたと駆けていった。桜井がそのあとに続いた。

安積は、二人の後ろ姿を見送っていた。三国が言った。

「おまえさん、いい刑事になったな」

「は……?」

「部下を見りゃわかるよ。あいつら、おまえさんのことを露ほども疑っていない」

「そりゃそうです」

安積は言った。「私の師匠がよかったですからね」


木元弥生が勤めているのは、五反田駅から川を渡り、細い路地に入った一角にあった。時刻は、午後三時を回ったところで、当然店はまだ開いていない。交番でオーナーの住所を聞き、訪ねることにした。オーナーは、駅の向こう側のマンションに住んでいた。

五反田駅の東側は、西側とはまったく違った雰囲気だった。西側は下町の情緒が残っており、飲食店も多いが、東側はこぎれいなマンションが並んでいる。

オーナーは、四十過ぎの女性だった。彼女はまだ寝ていたか、起きてからそれほど経っていない様子だ。明らかに眠そうで、なおかつ不機嫌そうだった。

三国が、木元弥生のアリバイを尋ねると、たしかにその日は、勤めに出ていたと言った。

「何時くらいまでお店にいました？」

「さあね……。その日によって違いますからね……」

相手はこたえた。三国は、言った。

「私ら、生活安全課じゃないんです。風営法やらには興味はない。何時まで営業してたんです？」

オーナーは、猜疑心に満ちた眼を三国に向けていたが、やがて言った。

「二時過ぎまで客がいましたよ」

これは、木元弥生のアリバイとなるだろうか。彼女は、事件当夜、たしかにスナックに出勤しており、そのスナックは午前二時過ぎまで営業していた。

三国も落胆を隠せない様子だ。だが、三国は気を取り直したように、質問した。

「店は二時過ぎまで開いていた……。木元弥生さんは、店が終わるまで働いていたのですか？」

オーナーは、あくびをした。

それから、不意に思い出したように言った。

「そういえば、その日は、アフターに行くからって、お客さんといっしょに十二時前に店を出たんだった」

「たしかですか？」

「そう。常連さんでね……。いつも、弥生のこと、口説《くど》いてたんですよ。弥生は相手になんかしていなかったんだけど、その日にかぎって、アフターに出たんです」

「その客の名前と住所を教えてもらえませんか?」

「住所なんて知りませんよ。クラブじゃないんだから、請求書送ったりはしないし……」

「名前は……?」

「西田《にしだ》さん。たしか、西田三郎……。住所は知らないけれど、店の近所に住んでいるはずよ」

三国が礼を言うと、すぐにドアが閉じた。

「西田三郎を探そう」

三国は、再び交番を目指した。

地域課で確認を取り、西田宅を訪ねた。西田三郎は、木元弥生が勤めているスナックの近くで小さな工務店を営んでいた。

その工務店の脇の車庫に、濃紺のワゴン車が駐車しているのに、安積は気づいた。

「三国さん。あれ……」

安積は車庫を指差した。三国は、うなずいた。事件当時、現場のマンションから走り去ったという車と特徴が一致する。

「ちょっとおもしろいことになりそうだな」

西田三郎は、一階の小さな事務所の奥で、伝票を睨んでいた。髪を短く刈っている。痩せた背の小さい男だ。

車同様、こちらもマンションから走り去ったという男と人相風体が一致する。

三国が警察手帳を見せると、とたんに落ち着かない様子になった。

「ちょっとうかがいたいことがあるんですが……」

三国がそう言ったとたんに、西田三郎は、がっくりと肩を落とした。

「いつ警察に行こうか迷っていたんです」

西田三郎はおろおろとした様子で言った。

三国は尋ねた。

「木元弥生さんのことですね」

西田三郎はうなずいた。

「俺は、事件とは関係ないです。ただ、見ちまっただけで……。でも、すぐに警察に連絡する度胸がなかった。事件と関わり合いになりたくなかったんだ……」

「詳しく話してください」

西田は話しはじめた。

あの夜、木元弥生がアフターに行くというので、西田は喜び勇んで彼女と店を出た。ところが、店を出ると木元弥生は急に態度を変え、用事ができたからといってさっさと山手通りのほうに歩き去ってしまった。

腹を立てた西田は、彼女のあとをつけようとした。別れた場所が自宅のすぐそばだったので、車に乗り彼女を追った。

木元弥生がタクシーを拾ったので、西田はそのままあとをつけた。彼女は、マンションの前でタクシーを降りた。

西田も車を降りて、そっと彼女を尾行した。エレベーターが四階で停まるのを確かめて、西田も四階まで昇った。

腹を立てていた。男の部屋を訪ねたに違いないと考えたのだ。廊下でしばらくたたずんでいると、ひどくばかばかしい思いがしたという。

引き返して蒲団をかぶって寝ちまおう。

そう思ったとき、突然一つのドアが開いて木元弥生が飛び出してきた。部屋に入ったときと、服装が違っていたという。

西田はとっさに身を隠した。木元弥生がエレベーターに乗ったのちに、何事かと彼女が飛び出してきたドアに近づいた。

異臭がしたという。糞尿のにおいだろうと安積は思った。殺人現場はたいてい糞尿のにおいがする。殺された瞬間に、人間はたいてい糞尿を洩らす。

ドアに鍵はかかっていなかった。そっと開けてみると、血を流して倒れている男が見えた。

西田は、あわててその場を逃げ出したのだった。

話を聞き終わると、三国は落ち着いた様子で言った。

「署でもう一度、その話をしていただけますか」

西田は、力尽きたようにうつむいていた。彼はうつむいたままでかすかにうなずいた。

目撃者が西田の人相を確認した。間違いなく、彼が見たのは西田だった。

すぐに木元弥生の逮捕状が請求された。池谷管理官は、にわかに元気づいて捜査員一同に声高に命じた。

「よし。木元弥生の身柄確保だ」

安積は、須田の携帯電話に連絡した。事情を説明して、応援が行くまで木元弥生を監視し、逃走するようなら緊急逮捕するよう指示した。

電話を切ると、安積は三国にそっと言った。

「管理官は、自分の読みがはずれたことなど気にしていないようですね」

三国は皮肉な笑いを浮かべた。

「昔からそういうやつだ。出世の秘訣かもしれない」

捜査員がこぞって出かけようとしているところに、須田と桜井がひょっこり木元弥生を連れてやってきた。

捜査員たちはあっけに取られた。管理官もびっくりした顔をしている。

須田が彼らの視線を受けて、うろたえた様子で言った。

「あの……、この人が外出しようとしたので、声をかけたら、いきなり逃げ出したんです。緊急逮捕しろということだったんで……」

三国が安積に言った。

「あの須田というやつは、いったいどういうやつなんだ?」

安積はこたえた。

「もともとツキに恵まれたやつなんですよ」

取り調べは、品川署の刑事課長と強行犯係長が担当した。

包丁の件や、西田の供述をもとに追及すると、木元弥生は、ほどなく落ちた。

被害者の遠藤善和は、別れたのちもしつこく復縁を迫ったという。それも、金が目当てだった。木元弥生から何度も金をせびっていたという。

木元弥生は、殺害を計画して遠藤善和のマンションを訪ねた。西田をアリバイ作りに利用しようとしたのだが、その計略はあまりに中途半端だった。

実際の犯罪などはこんなものだ。たいていは、警察によって暴かれる。なぜなら、多くの殺人犯は素人であり、警察はプロなのだ。

凶器はやはり被害者が所有していた出刃包丁だった。木元弥生の供述をもとに彼女が転がり込んでいた金融業者宅を家宅捜索したところ、新聞紙にくるまれた包丁が発見された。

被疑者が自供すると、今度は送検のための手続きが待っている。予備班を中心に膨大な書類を作成することになる。

仕事が終わったのは、深夜だった。

捜査本部は解散した。

池谷管理官が三国に近づいていくのが見えた。

「今回はよくやってくれた」

管理官がそう言うのが聞こえてきた。「今度、一杯やろう」

三国は、さっと気を付けをした。

「恐縮です。管理官殿」

池谷管理官は、苦い顔をした。おそらく敗北感を抱いているのだろうと、安積は思った。

管理官が部屋を出ていった。

三国は安積のところにやってきた。

「じゃあな。元気でやれ」

三国はそれだけ言った。

安積は、何か言わなければならないと思ったが言葉が見つからなかった。

「はい。三国さんもお元気で」

ようやくそれだけ言った。

そして、そっけないくらいに淡々とした態度で三国も部屋を出ていった。

これでいい。安積は思った。余計な言葉は必要ない。安積も帰宅の準備を始めた。

翌日は、朝から晴れ渡っていた。

安積は、署に出るとまず課長に捜査本部の経過を報告した。それからたまっていた書類を片づけはじめた。

その日は一日、書類書きに没頭することになった。気づくと、日が暮れかかっていた。

窓の外が赤い。

夕日が見たくなり、非常階段に出てみることにした。署の連中が外階段と呼んでいる、鉄板と鉄のパイプでできている粗末な階段だ。

見事な夕映えだった。

駐車場から誰かが声をかけてきた。

見ると速水だった。やつは、階段を昇ってきた。

「何しているんだ、ハンチョウ」

「別に……。外の空気を吸いたくてな」

「帳場、明けたんだってな」

「ああ」

「昔の師匠と何か話をしたのか?」

「捜査本部は同窓会じゃない」

速水はにやりと笑った。

「そうか? 村雨が言ってたぞ。ハンチョウが妙なことを言ってたって」

あいつめ……。

「なんでもない。ただ、昔世話になった人が、来年定年になる。それで、ちょっとしんみりした気分になっただけだ」

「定年か。おまえより階級が下のままでか?」

「そうだ」

「そうか」

速水はそれ以上何も言わなかった。

安積は、ずっと西の空を見つめていた。

日が沈む。だが、沈む直前に太陽は、ありとあらゆるものを赤々と美しく染め上げている。

雲も、遠くのビルも、人工の森も、茜色に映えていた。静かに、温かく、夕日は周囲を照らし、沈んでいった。

私も定年を迎えるときは、そうありたい。

安積は思った。

三国がそうであり、夕映えがそうであるように。

解説

末國善己

伝奇小説、冒険小説、歴史・時代小説、格闘技ものなど、幅広いジャンルで名作を残している今野敏の創作活動の中でも、警察小説は大きな柱の一つとなっている。それは何かと悪役にされがちなキャリア警官を主人公にして、エリートの孤独と苦悩に迫った『隠蔽《いんぺい》捜査』で第二七回吉川英治文学新人賞を受賞したことからも明らかだろう。

今野敏は、エキセントリックな性格ながら特殊技能を持つ科学特捜チームが難事件に挑む〈ST〉シリーズ、気弱で家族思いの樋口《ひぐち》の活躍を描く〈樋口警部補〉シリーズなど、警察小説の人気シリーズをいくつも抱えているが、臨海副都心に作られた小さな警察署・東京臨海署で強行班を率いる安積《あずみ》警部補を中心にして物語が進む、本書『最前線』を含む〈ベイエリア分署〉シリーズが、最も古くから書き継がれているシリーズとなっている。

ベイエリアにある警察署が舞台と聞くと、いまだに人気が衰えないフジテレビ制作の刑事ドラマ『踊る大捜査線』（脚本・君塚良一、監督・本広克行ほか、主演・織田裕二、深津絵里）を思い浮かべるかもしれない。だが安積警部補が初登場した『東京ベイエリア分署』（後に『二重標的《ダブル・ターゲット》』に改題）の発表は、一九八八年一〇月のこと。『踊る大捜査線』が放映されたのは一九九七年一月から三月なので、約一〇年も先行しているのだ。

今でこそ東京の観光名所として定着した臨海副都心地域だが、〈ベイエリア分署〉シリーズが始まった頃は、レインボーブリッジ（一九九三年開通）もゆりかもめ（一九九五年開通）もない陸の孤島だった。都は大規模なビジネス街の建設を計画していたが、交通の不便さもあって誘致《ゆうち》が進まなかった。ようやく開発が本格化するのは、フジテレビが臨海副都心のお台場への本社移転を終えた一九九七年頃からで、『踊る大捜査線』がベイエリアの警察署を舞台に選んだのは、フジテレビの本社移転を踏まえていたのである。

警察小説の〝型〟を作ったといわれるエド・マクベイン〈87分署〉シリーズは、スティーブ・キャレラやマイヤー・マイヤーを始めとする登場人物の魅力はもちろん、架空の街アイソラ市（ニューヨーク市がモデルとされる）を描く都市小説の側面も持っていた。『踊る大捜査線』に先駆けて臨海副都心に着目した〈ベイエリア分署〉シリーズも、一大観光スポットに発展した臨海副都心の魅力を余すことなく伝えている。『最前線』では、安積警部補がまだ人口も少なく事件もあまりなかった時代を回想する場面も多く、ベイエリアの歴史を知ることもできるので新たな発見も多いのではないだろうか。

一口に警察小説といっても、私立探偵の代わりを警察官が務める謎解き中心の作品から、アウトローの警官が活躍するアクションものまで幅広いが、〈ベイエリア分署〉シリーズには、超人的なヒーローは誰一人として出てこない。優秀なリーダー安積警部補を筆頭に、真面目で部下に厳しい村雨《むらさめ》部長刑事、被害者にも犯人にも同情してしまう優しい須田《すだ》部長刑事、クールな黒木《くろき》、村雨に厳しく仕込まれている若手の桜井《さくらい》らが、協力しながら難事件に挑む組織捜査をリアルに描いている。また多くの登場人物が、職場の人間関係や家庭内に少なからぬトラブルを抱えているが、それは別れた妻に引き取られた娘との親子関係に悩む安積警部補のように、誰もが共感できる身近なものばかり。等身大のキャラクターの心理が細やかに描かれているので、濃密な人間ドラマが堪能できるはずだ。

さらに事件を通して、キャリア組と現場警察官の確執《かくしつ》や、弱小警察署ゆえに本庁どころか周囲の所轄署《しょかつしょ》からもお手軽に使われてしまう安積たちの悲哀を丹念に掘り下げることで、警察機構が抱える矛盾を活写していることも忘れてはならない。キャリアとノンキャリアの待遇の違い、大事件が起こると本庁の使いっ走りにされる所轄署の実態などは『踊る大捜査線』とも共通しているので、ドラマのスタッフが〈ベイエリア分署〉シリーズを参考にして物語を作ったのではないかと思えるほどである。

『最前線』は全六篇から成る連作集で、巻頭の「暗殺予告」から安積班の面々は二つの事件に忙殺されることになる。海上保安庁が羽田沖で密航者を摘発、東京湾臨海署にも助っ人の要請が入る。同じ日、香港マフィアから命を狙われている映画俳優サミエル・ポーがお台場にあるテレビ局を訪れることになっており、本庁の警備部が指揮する警備現場にも人員を割くことが求められていた。安積は、一見すると無関係に思える二つの事件が実はリンクしていることに気付くが、警備責任者は意見を聞こうとしない。警察という厳格《げんかく》な階級社会に属しながら、上司の間違いを堂々と指摘し、自らが信じる正義を貫こうとする安積の姿は、すべての社会人が見習うべきだろう。四方を海に囲まれた埋め立て地というベイエリアの地理的条件を利用して、犯人が仕掛けたトリックも秀逸《しゅういつ》で面白い。

続く「被害者」では、犯罪被害者の権利と少年法の問題点という社会的なテーマに切り込んでいる。一九九〇年代末から少年犯罪の凶悪化が指摘され、しかも少年犯罪の被害者があまりに軽い刑事処分によって心に深い傷を負っていることも報道されるようになった。それが刑事罰の対象年齢を一六歳から一四歳に引き下げ、一六歳以上の少年が故意に被害者を死亡させた場合は原則検察に送致することなどを盛り込んだ少年法改正（二〇〇一年四月施行）に結び付く。これは厳罰化を図ることで犯罪抑止を狙ったものだが、一方で少年法の原則に立ち返り、重罰を科すよりも更生プログラムを充実させることで再犯を防止すべきという意見も根強い。厳罰化が正しいか否かはすぐに結論が出せるものではないが、「被害者」の〝犯人〟が犯罪を実行しなければならなかった悲痛な動機は、少年犯罪とどのように向き合えばよいのかを、改めて考える切っ掛けを与えてくれるはずだ。

　電車内で暴力事件を起こした犯人を須田が現行犯逮捕したことから始まる「梅雨晴れ」も、公共マナーという現代的な問題を扱っている。公共の場でのマナー違反が増えているといわれて久しい。暴力は極端かもしれないが、電車内での大声の会話や携帯電話の使用、街中での歩きタバコ、自転車やバイクの放置といった迷惑行為は日常の風景になっている。警察に捕まることで、発めて自分のしたことの重大さに気付く暴力男の姿は、誰もが無意識に手を染《そ》めているかもしれない〝悪意〟の存在に気付かせてくれるだろう。

　表題作の「最前線」は、竹の塚署に派遣された桜井の視点で物語が進む。都内でも有数の犯罪多発地域にある竹の塚署は、犯罪取り締まりの最前線。臨海署との違いに戸惑う桜井は、かつて同僚だった大橋《おおはし》とコンビを組むことになる。当初は犯人検挙に繋がるとは思えない地道な聞き込みを続ける大橋に反発していた桜井が、捜査に必要なのは目立たないところで行う努力とチームプレイだと気付くプロセスは、教養小説としても出色だ。

組織はなれ合いを生み、不祥事を隠蔽する温床にもなっている。だが今野敏の描く組織は、プロとしての自覚を持つ個人が、お互いを信頼し支え合うことで成立している。悪いのは組織ではなく、個人が集団に埋没し無責任体質になることなのだ。桜井が組織人としての自覚を持つ表題作は、組織捜査を描くシリーズのテーマが凝縮《ぎょうしゅく》した作品なのである。

「射殺」も、個人が組織に属することの意味がテーマとなっている。ロサンゼルスから来た捜査官アンディー・ウッドと共に、アメリカ陸軍特殊部隊出身の殺し屋を追うことになった安積。日本型の組織捜査、銃を使わない生ぬるさを批判する一匹狼のウッドに対し、安積は日本警察の組織力を見せることで反論を加えていく。安積が銃の試射を頼まれる冒頭のエピソードが、後半に重要な意味を持ってくる伏線の妙も光る。

そして最終話「夕映え」では、安積が応援のため赴《おもむ》いた品川署の捜査本部で、刑事としての生き様を教えてくれた大先輩・三国俊治《みくにとしはる》と再会することになる。須田の何気ない助言を信じた安積は、三国と二人でその線を追い犯人を追い詰めていく。安積より階級が下のまま定年を迎えるのに、現場一筋に生きた人生を悔いていない清冽《せいれつ》な三国、その三国のように生きたいと考える安積の想いは、魂を浄化してくれるほど清々しい。

バブル崩壊による産業構造の変化は、金を稼ぐためなら、（法律違反は別として）倫理や道義などは無視しても構わないという価値観を蔓延《まんえん》させた。だが高い理想を持って働く刑事たちを描く『最前線』は、名誉や成功などは二の次で、ただ〝使命〟と〝誇り〟のために働く人間こそが、本当の〝ヒーロー〟であるということを教えてくれるのである。

（すえくに・よしみ／文芸評論家）

本作品は、二〇〇二年六月に小社より単行本として刊行されたものです。

Haruki Bunko
ハルキ文庫

こ 3-21

最前線《さいぜんせん》 東京湾臨海署安積班《とうきょうわんりんかいしょあずみはん》

著者 今野《こんの》敏《びん》

2007年 8月18日第 一 刷発行
2016年 8月28日第十四刷発行

発行者 角川春樹

発行所 株式会社角川春樹事務所
〒102-0074 東京都千代田区九段南2-1-30 イタリア文化会館

電話 03(3263)5247(編集)
03(3263)5881(営業)

印刷・製本 中央精版印刷株式会社

フォーマット・デザイン 芦澤泰偉
表紙イラストレーション 門坂 流

ISBN978-4-7584-3306-8 C0193 ©2007 Bin Konno Printed in Japan
http://www.kadokawaharuki.co.jp/[営業]
fanmail@kadokawaharuki.co.jp[編集] ご意見・ご感想をお寄せください。